Lanzarote

Rester vivant, La Différence, 1991 ; Librio, 1999.

La Poursuite du bonheur, La Différence, 1991 ; Librio, 2001.

H.P. Lovecraft, Éditions du Rocher, 1991, 1999, 2005 ; J'ai lu, 1999

Extension du domaine de la lutte, Maurice Nadeau, 1994 ; J'ai Lu, 1997.

Le Sens du combat, Flammarion, 1996.

Rester vivant suivi de *La Poursuite du bonheur* (édition revue par l'auteur), Flammarion, 1997.

Interventions, Flammarion, 1998.

Les Particules élémentaires, Flammarion, 1998 ; J'ai Lu, 2000.

Rester vivant et autres textes, Librio, 1999.

Renaissance, Flammarion, 1999.

Lanzarote, Flammarion, 2000.

Poésies (intégrale poche), J'ai Lu, 2000.

Plateforme, Flammarion, 2001 ; J'ai Lu, 2002.

Lanzarote et autres textes, Librio, 2002.

La possibilité d'une île, Fayard, 2005 ; J'ai Lu, 2013.

Ennemis publics (avec Bernard-Henri Lévy), Flammarion/Grasset, 2008 ; J'ai Lu, 2011.

Interventions 2, Flammarion, 2009.

Poésie (nouvelle édition), J'ai Lu, 2010, 2015.

La carte et le territoire, Flammarion, 2010 ; J'ai Lu, 2012.

Configuration du dernier rivage, Flammarion, 2013 ; repris dans *Poésie*, J'ai Lu, 2015.

Non réconcilié : Anthologie personnelle 1991-2013, Gallimard, 2014.

Soumission, Flammarion, 2015.

Michel Houellebecq

Lanzarote

et autres textes

Texte intégral

Lanzarote

*

récit

« Le monde est de taille moyenne. »

Le 14 décembre 1999, en milieu d'après-midi, j'ai pris conscience que mon réveillon serait probablement raté – comme d'habitude. J'ai tourné à droite dans l'avenue Félix-Faure et je suis rentré dans la première agence de voyages. La fille était occupée avec un client. C'était une brune avec une blouse ethnique, un piercing à la narine gauche ; ses cheveux étaient teints au henné. Feignant la décontraction, j'ai commencé à ramasser des prospectus sur les présentoirs.

« Je peux vous aider ? » ai-je entendu au bout d'une minute.

Non, elle ne pouvait pas m'aider ; personne ne pouvait m'aider. Tout ce que je voulais, c'était rentrer chez moi pour me gratter les couilles en feuilletant des catalogues d'hôtels-clubs ; mais elle avait engagé le dialogue, je ne voyais pas comment m'y soustraire.

« J'aimerais partir en janvier... » fis-je avec un sourire que j'imaginais désarmant.

« Vous voulez aller au soleil ? », elle embrayait à cent à l'heure.

« Mes moyens sont limités » repris-je avec modestie.

Le dialogue du touriste et du voyagiste – c'est du moins l'idée que j'ai pu m'en faire, sur la base de différentes revues professionnelles – tend normalement à outrepasser le cadre de la relation commerciale – à moins, plus secrètement, qu'il ne révèle, à l'occasion d'une transaction sur ce matériau porteur de rêves qu'est le « voyage », le véritable enjeu – mystérieux, profondément humain et presque mystique – de toute relation commerciale. Placez-vous un instant dans la position du *touriste*. De quoi s'agit-il ? Vous devez vous mettre à l'écoute des propositions que peut vous faire le (ou le plus souvent *la*) professionnelle assise en face de vous. Elle a – c'est sa fonction – des connaissances étendues sur les possibilités ludiques et culturelles des stations de divertissement offertes à son catalogue ; elle se fait une idée au moins approximative de la clientèle type, des sports pratiqués, des possibilités de rencontres ; c'est en grande partie d'elle que dépend votre bonheur – ou, du moins, les conditions de possibilité de votre bonheur – pendant ces quelques semaines. De son côté, il s'agit – loin de l'application stéréotypée d'une formule de vacances « standard », et quelle que soit la brièveté de la rencontre – de cerner au mieux vos attentes, vos désirs, voire vos espérances secrètes.

« On a la Tunisie. C'est une destination classique, très abordable en janvier... » commença-t-elle, plutôt pour se *mettre en bouche*. « Le Sud marocain, aussi. C'est très beau hors saison. » Pourquoi *hors saison* ? Le Sud marocain c'est très beau toute l'année. Je connaissais très bien le Sud marocain, et probablement mieux que cette conne. C'était peut-être très beau, mais ce n'était *pas mon genre*, voilà ce qu'il fallait lui faire rentrer dans la tête.

« Je n'aime pas les pays arabes, coupai-je. Enfin... » En y réfléchissant, je me souvenais d'une Libanaise rencontrée dans une boîte à partouzes : ultra-chaude, bonne chatte, bien douce, avec de gros seins en plus. Par ailleurs, un collègue de travail m'avait parlé de l'hôtel *Nouvelles Frontières* d'Hammamet, où des groupes d'Algériennes venaient s'éclater entre femmes, sans la surveillance d'aucun homme ; il en gardait un excellent souvenir. Finalement les pays arabes ça pouvait valoir le coup, dès qu'on arrivait à les sortir de leur religion merdique.

« Ce qui me déplaît c'est pas les pays arabes, c'est les pays *musulmans*, repris-je. Vous n'auriez pas un pays arabe non musulman ? » Ça faisait un peu colle pour « Questions pour un champion ». Un pays arabe, non musulman... quarante secondes. Elle avait la bouche légèrement entrouverte.

« On a aussi le Sénégal... » reprit-elle pour briser le silence. Le Sénégal, pourquoi pas ? J'avais entendu dire que le prestige des Blancs était encore très grand en Afrique de l'Ouest. Il suffisait de se pointer en discothèque pour ramener une nana dans son bungalow ; même pas une pute, en plus, elles faisaient ça pour le plaisir. Évidemment elles appréciaient les cadeaux, les petits bijoux en or ; mais quelle femme n'apprécie pas les cadeaux ? Je ne voyais pas pourquoi je pensais à tout ça ; de toute façon, je n'avais pas envie de baiser.

« Je n'ai pas envie de baiser », dis-je. La fille leva les yeux avec surprise ; effectivement, j'avais sauté plusieurs étapes dans mon raisonnement. Elle recommença à fouiller dans son dossier. « Le Sénégal, ça démarre tout de même à six mille francs... » conclut-elle. Je secouai la tête avec tristesse. Elle se leva pour aller consulter un autre dossier ; ce ne sont pas des brutes, ces filles, elles sont sensibles aux arguments économiques. Dehors, sur le trottoir, des passants avançaient dans la neige – qui se transformait peu à peu en boue.

Elle revint s'asseoir en face de moi et d'un ton direct, très changé, me demanda : « Vous avez pensé aux Canaries ? ». Devant mon silence elle abattit, avec un sourire de professionnelle : « Les gens pensent rarement aux Canaries... C'est un archipel au large des côtes africaines, baigné par le Gulf Stream ; le temps est doux toute l'année. J'ai vu des clients qui s'étaient baignés en janvier. » Elle me laissa le temps de digérer l'information avant de poursuivre : « On a une promotion pour le *Bougainville Playa*. Trois mille deux cent quatre-vingt-dix francs la semaine tout compris, départs de Paris les 9, 16 et 23 janvier. Hôtel quatre étoiles sup., normes du pays. Chambres avec salle de bains complète, sèche-cheveux, air conditionné, téléphone, TV, minibar, coffre-fort individuel payant, balcon vue piscine (ou vue mer avec supplément). Piscine de 1 000 m² avec jacuzzi, sauna, hammam, espace de remise en forme. Trois courts de tennis, deux terrains de squash, minigolf, ping-pong. Spectacles de danses typiques, excursions au départ de l'hôtel (programme disponible sur place). Assurance assistance/annulation incluse.

— C'est où ? ne pus-je m'empêcher de demander.

— Lanzarote. »

– 2 –

Mon réveillon 1999 s'est mal passé ; j'ai essayé de me connecter à Internet, mais j'ai échoué. Je venais de déménager ; je pense qu'il aurait fallu réinstaller la carte modem, quelque chose de ce genre. Les manipulations infructueuses m'ont rapidement ennuyé, je me suis endormi vers onze heures. Un réveillon moderne.

J'avais choisi le départ du 9 janvier. Au relais H d'Orly, qui venait d'être rebaptisé le *Relay*, j'ai acheté plusieurs journaux. *Passion Glisse* proposait à peu près son sommaire habituel. *Paris-Match* consacrait plusieurs pages à un livre de Bernard-Henri Lévy sur Jean-Paul Sartre. *Le Nouvel Observateur* s'intéressait à la sexualité des adolescents et au centenaire de Prévert. Quant à *Libération*, il revenait une fois de plus sur la Shoah, le devoir de mémoire, la douloureuse exhumation du passé nazi de la Suède. Je me suis dit que ce n'était vraiment pas la peine d'avoir changé de siècle. On n'avait pas changé de siècle, d'ailleurs ; c'est du moins ce que soulignait un linguiste dans le *Ça se discute* que j'avais regardé la veille ; le véritable changement de siècle (et, accessoirement, de millénaire) ne se produirait qu'au début 2001. Du point de vue de la littérarité des termes, il avait sans doute raison ; mais il est clair qu'il faisait surtout ça pour emmerder Delarue. Usage ou pas 2000 commençait par 2, et ça tout le monde pouvait bien le voir.

Le survol de la France et de l'Espagne s'est bien passé ; j'ai dormi presque tout le temps. Quand je me suis réveillé l'avion survolait les côtes du Portugal, révélant une géomorphologie sèche ; il obliqua ensuite vers l'océan. J'ai tenté, une nouvelle fois, de m'intéresser au contenu de mes magazines. Le soleil se couchait sur l'Atlantique ; j'ai repensé à l'émission de la veille.

Une actrice du X présente sur le plateau envisageait le changement de millénaire avec calme : pour elle les hommes resteraient
les hommes, et voilà tout. L'historien, par contre, accordait une
certaine pertinence au concept de siècle, tout en le prenant dans
un sens métaphorique ; ainsi, selon lui, le XIXᵉ siècle ne s'était véri-
tablement achevé qu'en 1914. Un généticien de gauche explosa :
il était inconcevable et indécent qu'en l'an 2000 tant d'êtres
humains sur la planète meurent encore de faim. Un académicien
de droite ironisa : comme tout un chacun, il déplorait guerres et
famines ; cela dit, il lui paraissait bien vain de vouloir modifier
le sort de l'humanité tant qu'on n'aurait pas modifié la nature
humaine ; il était ainsi implicitement en accord avec l'actrice du
X, avec laquelle une complicité sembla se nouer tout au long de
l'émission. Mais, peu informé des progrès récents de la biologie
moléculaire, il ne se rendait nullement compte qu'une telle modification (qu'il n'appelait de ses vœux qu'avec la certitude de son
impossibilité) était désormais réalisable, et dans des délais assez
brefs. Le généticien de gauche, pour sa part, était évidemment
au courant ; mais, partisan fanatique de l'action politique et de
la démocratie, il repoussait cette idée avec horreur. En résumé,
une fois de plus, ce débat ne réunissait que des cons. Je me suis
rendormi jusqu'à l'atterrissage. Parti comme ça, me disais-je, le
XXᵉ siècle, on n'est pas près d'en voir la fin.

Le transfert à l'hôtel était bien organisé, il faut le reconnaître.
Voilà ce qui resterait du XXᵉ siècle : les sciences, les techniques.
Un minibus Toyota, c'était quand même autre chose qu'une
diligence.

− 3 −

Si elle peut difficilement rivaliser avec Corfou et Ibiza dans le segment des vacances *crazy techno afternoons*, Lanzarote peut encore moins, pour des raisons évidentes, se prêter au *tourisme vert*. Une dernière carte aurait pu s'offrir à l'île, celle du *tourisme culturel* – dont sont friands de nombreux enseignants à la retraite, et autres seniors milieu de gamme. Sur une île espagnole on pourrait, à défaut de boîtes de nuit, s'attendre à rencontrer quelques vestiges (couvents baroques, forteresses médiévales, etc.). Malheureusement, l'ensemble de ces belles choses a été détruit entre 1730 et 1732 par une succession de tremblements de terre et d'éruptions volcaniques d'une violence inouïe. Donc, pour le *tourisme culturel*, tintin.

Compte tenu de la faiblesse de ses atouts, il n'est guère surprenant de voir Lanzarote fréquentée par une population équivoque de retraités anglo-saxons, flanqués de fantomatiques touristes norvégiens (dont l'unique raison d'être semble d'accréditer cette légende selon laquelle *on aurait vu des gens se baigner en janvier*). De quoi, en effet, les Norvégiens ne sont-ils pas capables ? Les Norvégiens sont translucides ; exposés au soleil, ils meurent presque aussitôt. Après avoir inventé le tourisme à Lanzarote dès le début des années 1950 ils ont déserté l'île, située à l'extrême Sud de leur désir – comme l'aurait dit André Breton dans un de ses bons jours. Les habitants en conservent un souvenir ému, ainsi qu'en témoignent certains menus aux lettres presque effacées par le temps, rédigés en langue norvégienne, placardés à l'entrée de restaurants le plus souvent déserts. Dans la suite de ce texte, on pourra s'abstenir de mentionner les Norvégiens.

Il n'en va pas de même des Anglais, ni du problème général posé par les vacances des Anglais. Ce problème ne se pose nullement pour les Allemands (ils vont partout où il y a du soleil), encore moins pour les Italiens (ils vont partout où il y a de belles fesses) ; quant aux Français, n'en parlons pas[1]. Seuls parmi les Européens de revenu moyen ou élevé, les Anglais semblent étrangement absents des lieux de vacances usuels. Une recherche serrée, systématique, appuyée par des moyens importants, permet cependant d'observer leur comportement d'estivage. Regroupés en colonies compactes, ils se dirigent vers des îles peu vraisemblables, absentes des brochures de voyage continentales – telles que Malte, Madère, ou, justement, Lanzarote. Sur place, ils reconstituent les principaux éléments de leur mode de vie. Interrogés sur les motifs de leur choix, ils fournissent des réponses évasives, à la limite de la tautologie : « Je viens ici parce que je suis déjà venu l'an dernier ». On le voit, l'Anglais n'est pas animé d'un vif appétit de découverte. De fait, on constate sur place qu'il ne s'intéresse ni à l'architecture, ni aux paysages, ni à quoi que ce soit. On le retrouve en début de soirée, après un bref séjour de plage, attablé autour d'apéritifs bizarres. La présence d'Anglais dans un lieu de vacances ne donne donc aucune indication sur l'intérêt du lieu, sa beauté, son éventuel potentiel touristique. L'Anglais se rend dans un lieu de vacances uniquement parce qu'il est certain d'y rencontrer d'autres Anglais. Il se situe en cela à l'exact opposé du Français, être vain, si épris de lui-même que la rencontre d'un compatriote à l'étranger lui est proprement insupportable. Dans ce sens, Lanzarote est une destination qu'on peut recommander aux Français. On peut même spécialement la recommander aux *poètes hermétiques français*, qui auront tout loisir d'y produire des pièces du style :

Ombre,
Ombre de l'ombre,
Traces sur un rocher.

---

1. Rappelons tout de même que c'est en France qu'est né le *Guide du Routard* (hélas aujourd'hui disponible en édition espagnole), qui, à force de prises de position « sympa » (écologistes, humanitaires), de coups de cœur, d'appels au voyage « intelligent » et à la rencontre de l'autre (comprendre avant de juger), de recherche quasi frénétique d'une « authenticité » en voie de disparition évidente, a réussi à établir de nouvelles normes dans le domaine de la stupidité internationale. Lanzarote, rassurons le lecteur, n'est pas mentionnée dans le *Guide du Routard*.

Ou bien, plus Guillevic :

Caillou,
Petit caillou,
Tu respires.

Ayant réglé le cas du poète hermétique français, je peux maintenant m'intéresser au *touriste français ordinaire*. Privé de son *Guide du Routard* habituel, le touriste français ordinaire risque, il faut le reconnaître, d'éprouver rapidement à Lanzarote tous les signes d'un solide ennui. Ce ne serait nullement un handicap pour l'Anglais ; mais le Français, être vain, est également impatient et frivole. Inventeur du tristement célèbre *Guide du Routard*, il a également, en des âges plus heureux, mis au point le fameux *Guide Michelin*, qui, avec son ingénieux système d'étoiles, a pour la première fois créé les conditions d'un quadrillage systématique de la planète sur la base de son potentiel d'agrément.

Or les attractions touristiques de Lanzarote sont peu nombreuses ; elles sont au nombre de deux. La première, un peu au nord de Guatiza, est constituée par le « Jardin de Cactus ». Différents spécimens, choisis pour leur morphologie répugnante, sont disposés le long d'allées pavées de pierre volcanique. Gras et piquants, les cactus symbolisent parfaitement l'abjection de la vie végétale – pour ne pas dire plus. Le « Jardin de Cactus », quoi qu'il en soit, est peu étendu ; la question de la visite, pour ce qui me concerne, aurait pu être réglée en moins d'une demi-heure ; mais j'avais choisi l'excursion de groupe, et il fallut attendre un moustachu belge. J'avais croisé l'homme alors que, dans une immobilité parfaite, il fixait un gros cactus violacé, en forme de bite, artistement planté à côté de deux cactus périphériques, plus petits, qui devaient représenter les couilles. Sa concentration m'avait impressionné : on avait certes affaire à un phénomène curieux, mais enfin ce n'était pas le seul. D'autres spécimens évoquaient un flocon de neige, un homme endormi, une aiguière. Parfaitement adaptés à un milieu naturel désespérant, les cactus mènent ensuite, si l'on ose dire, une existence morphologique sans contraintes. Poussant à peu près seuls, ils ne sont nullement tenus de s'adapter aux exigences de telle ou telle formation végétale. Les prédateurs animaux, de toute façon peu nombreux, sont d'emblée découragés par l'abondance de leurs piquants. Cette absence de pression sélective leur permet de développer sans complexe une grande variété de formes burlesques, propres à faire l'amusement des touristes. L'imitation des organes sexuels mâles, en particulier, produit toujours son petit effet chez les touristes italiennes ; mais chez ce moustachu, d'apparence belge, les choses étaient allées un peu plus loin ; j'avais pu reconnaître en l'homme tous les signes d'une réelle *fascination*.

La seconde attraction touristique de Lanzarote est plus étendue ; elle constitue le clou du voyage. Il s'agit du *Parque Nacional* de Timanfaya, situé à l'épicentre des éruptions volcaniques. Les mots de « parc national » ne doivent pas faire illusion : sur les douze kilomètres carrés de la réserve on est à peu près sûr de ne rencontrer aucun animal vivant, hormis quelques chameaux orientés vers l'exploitation touristique. Dans le minibus affrété par l'hôtel, je me retrouvai à côté du moustachu. Au bout de quelques kilomètres, nous nous engageâmes sur une route parfaitement droite tracée au milieu d'un chaos pierreux. Le premier arrêt-photos était prévu juste avant l'entrée du parc. Sur à peu près un kilomètre devant nous s'étendait une plaine de rochers noirs aux découpes tranchantes ; il n'y avait pas une plante, pas un insecte. Immédiatement après les volcans barraient l'horizon de leurs pentes rouges, par endroits presque mauves. Le paysage n'avait pas été adouci, modelé par l'érosion ; il était d'une brutalité totale. Le silence retomba sur le groupe. À mes côtés le Belge, immobile dans son sweat-shirt « University of California » et son bermuda blanc, semblait agité par une émotion confuse. « Je crois… » dit-il d'une voix indistincte ; puis il se tut. Je lui jetai un regard oblique. Soudainement embarrassé il s'accroupit, sortit son appareil photo d'une sacoche et entreprit de dévisser le zoom pour le remplacer par un objectif fixe.

Je remontai dans le minibus ; lorsqu'il remonta à son tour, je lui proposai de prendre la place à côté de la fenêtre ; il accepta avec empressement. Deux Allemandes en salopette s'étaient aventurées sur la surface rocheuse ; elles progressaient avec difficulté, malgré leurs épaisses Pataugas. Le chauffeur klaxonna à plusieurs reprises ; elles rejoignirent le véhicule en se dandinant lentement, comme deux gros elfes.

Le reste de l'excursion se déroula suivant le même schéma. La route était exactement tracée, au centimètre près, entre des murailles de rocher tranchantes ; tous les kilomètres une esplanade avait été dégagée au bulldozer, signalée à l'avance par une pancarte représentant une chambre photographique à soufflet. Nous nous arrêtions, alors ; les excursionnistes, répartis sur les quelques mètres carrés de bitume, faisaient fonctionner leurs appareils. Sensibles au ridicule qui émanait, à leurs yeux, de leur présence commune sur un espace restreint, ils tentaient de se singulariser par le choix des cadrages. Une complicité s'établissait peu à peu au sein du groupe. Bien que n'ayant pas emporté d'appareil, je me sentais entièrement solidaire du Belge. Il aurait pu me demander de l'aider à changer d'objectif, ou à classer ses filtres, je l'aurais fait. Voilà où j'en étais, par rapport au Belge. Pourtant, sur le plan sexuel, je me sentais plus attiré par les Allemandes. Il s'agissait de deux fortes créatures, aux seins lourds. Probablement des gouines ; mais j'aime beaucoup, pour ma part, voir deux femmes se branler et s'entrelécher la chatte ; n'ayant pas d'amies lesbiennes, je suis en général privé de cette joie.

Le point culminant de l'après-midi – tant sur le plan topographique que sur le plan émotionnel – était constitué par un arrêt au Mirador de Timanfaya. Afin de profiter correctement des possibilités de la structure, il avait été prévu un temps libre d'une durée de deux heures. Tout commençait par une animation brève, présentée par un employé du site, conçue pour mettre en avant le caractère volcanique de l'environnement. Par une fissure s'ouvrant dans la terre, on introduisait des côtelettes ; elles ressortaient grillées. Il y eut des cris et des applaudissements. J'appris que les Allemandes se prénommaient Pam et Barbara, le Belge Rudi.

Différentes possibilités s'offraient ensuite. On pouvait faire l'acquisition de souvenirs, ou se rendre au restaurant pour y déguster une cuisine internationale. Les plus sportifs pouvaient opter pour une promenade à dos de chameau. Je me retournai et aperçus Rudi près du troupeau, composé d'une vingtaine de bêtes. Inconscient du danger, les mains croisées derrière le dos comme un enfant curieux, il s'approchait des monstres qui tendaient vers lui leurs cous longs et flexibles, serpentins, terminés par de petites têtes cruelles. Je marchai rapidement à son secours. De tous les animaux de la création, le chameau est sans conteste un des plus agressifs et des plus hargneux. Il est peu de mammifères supérieurs – à l'exception de certains singes – qui donnent une impression de méchanceté aussi frappante. Fréquemment, au Maroc, les touristes tentant de caresser le museau de l'animal se font arracher plusieurs doigts. « J'avais dit à la dame faire attention… se lamente alors hypocritement le chamelier. Chameau pas gentil… » ; il n'empêche que les doigts sont bel et bien *dévorés*.

« Il faut faire attention, avec les chameaux ! lançai-je avec enjouement. D'ailleurs, ce sont des dromadaires.

— Le Robert donne *chameau à une bosse* ou *chameau d'Arabie* » remarqua-t-il d'un ton pensif, sans bouger pour autant.

Revenu à ce moment, le gardien donna un violent coup de bâton sur la tête de l'animal le plus proche, qui recula avec un éternuement de rage.

« *Camel trip, mister ?*

— Non, non, je voulais juste regarder », répondit mystérieusement Rudi.

Les deux Allemandes s'approchaient à leur tour, souriantes d'excitation. J'avais assez envie de les voir grimper sur les chameaux, mais le prochain départ n'était que dans un quart d'heure. Pour tuer le temps, j'achetai un volcan porte-clefs à la boutique souvenirs. Plus tard, alors que nous regagnions l'hôtel dans le soir finissant, je composai la pièce suivante en hommage aux poètes hermétiques français :

Chameau,
Présence des chameaux,
Mon minibus s'est égaré.

« C'était une belle journée », me dis-je de retour dans ma chambre en examinant le contenu de mon minibar. « Une bien belle journée, vraiment… » Nous étions déjà lundi soir. Finalement, une semaine dans cette île, ça devait être supportable. Pas vraiment passionnant, mais supportable.

– 4 –

« Je parle tranquillement ;
je vis tranquillement ;
je vends des téléphones en mars,
en avril et en septembre. »

(Gruneberg et Jacobs –
L'Espagnol par association d'idées)

Dans les séjours de plage, comme peut-être plus généralement dans la vie, le seul moment vraiment agréable, c'est le petit déjeuner. Je me resservis trois fois au buffet : du chorizo, des œufs brouillés... pourquoi se priver ? De toute façon, tôt ou tard, il faudrait que j'aille à la piscine. Des Allemands avaient déjà déployé leurs serviettes de plage pour réserver des chaises en plastique. À la table voisine un énorme hooligan moustachu, au crâne rasé, dévorait de la viande froide. Il portait un pantalon de cuir noir et un tee-shirt Motorhead. La femme qui l'accompagnait était franchement indécente, avec ses gros seins siliconés débordant largement d'un haut de maillot minuscule ; les triangles de latex rose recouvraient à peu près uniquement ses mamelons. Des nuages passaient rapidement dans le ciel. Le ciel de Lanzarote, je devais m'en rendre compte un peu plus tard, est sans cesse traversé de nuages qui dérivent vers l'Est, sans jamais éclater ; c'est une île où il ne pleut pratiquement pas. Les conceptions qui ont marqué l'Occident, que ce soit en Judée ou en Grèce, sont nées sous un ciel intangible, d'un bleu lassant. Ici, c'était autre chose ; le ciel se renouvelait constamment dans sa présence.

Les salons du *Bougainville Playa* étaient déserts à cette heure matinale. Je sortis dans le jardin et circulai quelques minutes

entre les plantes – qui pouvaient aussi bien être des bougainvil-
lées, pour ce que j'en avais à foutre. Une cage renfermait un perroquet, qui fixait son œil rond et furieux sur le monde. L'animal
était d'une taille impressionnante – mais j'avais entendu dire
que les perroquets vivent parfois jusqu'à soixante-dix ou quatre-
vingts ans, sans cesser de croître ; certains spécimens atteignent
des tailles d'un mètre. Heureusement, à ce moment, une maladie
bactérienne vient terminer l'affaire. Je dépassai la cage et m'enga-
geais dans une allée bordée de buissons fleuris lorsque j'entendis
crier : « Pauvre con ! » derrière mon dos. Je me retournai : c'était
effectivement le perroquet, qui répétait maintenant : « Pôv' con !
Pôv' con ! » avec une énergie croissante. Je déteste les oiseaux,
qui en général me le rendent bien ; enfin, si on peut appeler ça un
oiseau. N'empêche qu'il avait tort de faire le malin ; j'avais tordu
le cou à d'autres pour moins que ça.

L'allée continuait à serpenter entre les buissons de fleurs,
pour aboutir, par un escalier de quelques marches, à la plage. Un
Scandinave, en équilibre sur les galets, effectuait de lents mouve-
ments de tai-chi-chuan. L'eau était grise, à la rigueur verte, enfin
sûrement pas bleue. L'île avait beau être espagnole, elle n'était
pas du tout méditerranéenne, il fallait bien que je m'en rende
compte. Je marchai pendant une centaine de mètres à la limite
des eaux. L'océan était frais, plutôt agité.

Je m'assis ensuite sur un tas de galets. De couleur noire, ils provenaient manifestement de l'éruption volcanique. Mais contrairement aux rochers de Timanfaya, aux arêtes chaotiques, ils étaient
de forme arrondie. J'en pris un entre mes doigts ; son contact
était doux, on ne ressentait aucune aspérité. En trois siècles,
l'érosion avait déjà bien travaillé. Je me suis allongé en méditant
sur la confrontation, si directe à Lanzarote, entre ces deux puis-
sances élémentaires : la création par le volcan, la destruction par
l'océan. C'était une méditation plaisante, sans enjeu immédiat,
sans conclusion possible ; je la poursuivis pendant une vingtaine
de minutes.

Longtemps, j'ai cru que mes séjours de vacances me permet-
traient d'*apprendre la langue du pays* ; à quarante ans passés cette
illusion n'avait pas totalement disparu, et peu avant mon départ
j'avais acheté une méthode Marabout d'apprentissage rapide de
l'espagnol. Le principe de la méthode Linkword par association
d'idées consiste à visualiser avec énergie certaines situations ; ces

situations sont décrites par des phrases contenant le mot français et l'équivalent phonétique de sa traduction espagnole. Ainsi, la traduction d'étagère (*estante*) était illustrée par : « Imaginez que *les tantes* sont assises sur l'étagère » ; celle de tiroir (*cajón*) par : « Imaginez un tiroir plein de *caron*cules de dindon » ; celle de danger (*peligro*) par : « Imaginez qu'un homme *pelé, gros* fonce sur vous : danger ! ». Lorsque le mot espagnol était proche du mot français, la phrase comportait un torero, personnage typiquement espagnol ; ainsi, le mot *cero* (zéro) était illustré par cette sentence : « Imaginez que les toreros, en fait, sont tous des zéros. »

Le parti pris des auteurs avait beau justifier certaines bizarreries, il n'excusait en rien la présence de phrases d'exemple, données à traduire en exercice, telles que : « Mes chiens sont sous la banque », ou : « Votre médecin veut plus d'argent et mon dentiste veut plus de fromage ». Amusante dans un premier temps, l'absurdité, à partir d'un certain âge, fatigue, et j'ai dû m'endormir. À mon réveil le soleil était plus haut, le ciel dégagé ; il faisait presque chaud. Deux draps de bain techno étaient étendus à quelques mètres. J'ai aperçu Pam et Barbara près du rivage, de l'eau jusqu'à la taille. Elles s'amusaient à se chevaucher, à se jeter de l'eau, puis s'enlaçaient tendrement, poitrine contre poitrine ; c'était adorable. Je me suis demandé où pouvait bien être Rudi.

Les deux Allemandes revinrent se sécher. Vue de près Pam paraissait plus menue, presque gamine avec ses petits cheveux noirs ; mais la placidité animale de Barbara était impressionnante. Elle avait vraiment de beaux seins, je me suis demandé s'ils étaient refaits. Probablement oui, ils restaient quand même un peu trop dressés quand elle s'allongeait sur le dos ; mais le résultat d'ensemble était très naturel, elle était tombée sur un excellent chirurgien.

Nous avons échangé quelques mots sur les crèmes solaires, la différence entre indice fabricant et indice réel : pouvait-on faire confiance à la norme australienne ? Pam lisait un roman de Marie Desplechin traduit en allemand, ce qui aurait pu me permettre de lancer la conversation sur des thèmes littéraires ; mais je ne savais pas trop quoi dire de Marie Desplechin, et surtout l'absence de Rudi commençait à m'inquiéter. Barbara se redressa sur ses coudes pour prendre part à la conversation. Je ne pouvais pas m'empêcher de regarder ses seins ; je pris conscience que je bandais. Malheureusement, elle ne parlait pas un mot de français. « *You have very nice breast* » dis-je approximativement. Elle sourit largement et répondit : « *Thank you* ». Elle avait de longs cheveux blonds, des yeux bleus, et vraiment l'air d'une brave fille. Je me redressai en expliquant : « *I must look at Rudi. See you later...* » ; puis nous nous quittâmes en échangeant de petits signes de main.

Il était un peu plus de quinze heures, les gens terminaient leur déjeuner. En passant devant le panneau d'information, je me rendis compte qu'il y avait une nouvelle activité. Outre les classiques visites du « Jardin de Cactus » et du *Parque Nacional* de Timanfaya, l'hôtel proposait aujourd'hui une excursion à Fuerteventura en hydroglisseur. Fuerteventura était l'île la plus proche, d'un relief bas et sablonneux, aux paysages sans intérêt ; mais il y avait de grandes plages où l'on pouvait se baigner sans danger : c'est ce que j'avais pu conclure de la brochure d'information trouvée dans ma chambre d'hôtel. Voilà en tout cas qui pouvait expliquer l'absence de Rudi ; je me sentis rassuré, et je montai regarder CNN dans ma chambre. J'aime bien regarder la télé sans le son, c'est un peu comme un aquarium, une préparation à la sieste ; et puis, quand même, on s'intéresse un peu. Mais, cette fois, j'avais du mal à identifier le conflit en cours. Ces guignols qui s'agitaient sur l'écran avec leurs pistolets-mitrailleurs me paraissaient un peu foncés pour des Tchétchènes. J'essayai de modifier le réglage des couleurs : non, ils restaient foncés. Peut-être des Tamouls ; il se passait des choses aussi, chez les Tamouls. Une incrustation en bas de l'écran me rappela qu'on était en l'an 2000 ; ça, c'était quand même étonnant. La transition de l'âge militaire à l'âge industriel, annoncée par le fondateur du positivisme dès 1830, était bien lente à s'accomplir. Pourtant, à travers l'omniprésence des informations planétaires, l'appartenance de l'humanité à un destin et un calendrier communs apparaissait de plus en plus frappante. Même s'il n'avait rien de significatif en lui-même, le changement de millénaire fonctionnerait peut-être comme une *self-fulfilling prophecy*.

Un éléphant traversa le champ, renforçant l'hypothèse tamoule ; quoique, à vrai dire, ça pouvait aussi être des Birmans. Malgré tout, nous avancions rapidement vers l'idée d'une fédération mondiale dominée par les États-Unis d'Amérique et ayant pour langue commune l'anglais. Bien sûr, la perspective d'être gouvernés par des cons avait quelque chose de vaguement déplaisant ;

mais, après tout, ce ne serait pas la première fois. D'après tous les témoignages qu'ils avaient laissés sur eux-mêmes, les Romains étaient évidemment une nation d'imbéciles ; ça ne les avait pas empêchés de coloniser la Judée et la Grèce. Puis étaient venus les barbares, etc. C'était oppressant, cette idée de répétition ; je suis passé sur MTV. MTV sans le son, c'est tout à fait supportable ; c'est même plutôt sympa, toutes ces minettes qui se trémoussent en petit haut. J'ai fini par sortir ma queue et par me branler sur un clip de rap avant de sombrer dans un sommeil d'un peu plus de deux heures.

– 5 –

À dix-huit heures trente, je descendis au bar pour profiter de la *happy hour*. Au moment même où je me décidais pour un *Matador Surprise*, Rudi pénétra dans la salle. Comment aurais-je pu ne pas l'inviter à se joindre à moi ? C'est ce que je fis.

« Vous avez passé une bonne journée ? attaquai-je avec décontraction. J'ai supposé que vous aviez fait l'excursion pour Fuerteventura.

— C'est exact. » Il secoua la tête avec indécision avant de répondre : « C'était nul ; complètement nul. Aucun intérêt, vraiment. Et, maintenant, j'ai fait toutes les excursions proposées par l'hôtel.

— Vous restez une semaine ?

— Non, quinze jours », dit-il d'un ton accablé. Effectivement, il était dans de beaux draps. Je lui proposai un cocktail. Pendant qu'il étudiait la carte, j'eus tout loisir d'examiner son visage. Il avait un teint blanchâtre, malgré les quelques jours d'exposition au soleil, et des rides soucieuses marquaient son front. Cheveux noirs et courts, un peu grisonnants, moustache fournie. Son expression était triste, et même légèrement égarée. Je lui donnais un peu plus de quarante-cinq ans.

Nous parlâmes de l'île, et de sa beauté. Trois *Matador Surprise* plus tard, je me décidai à aborder des sujets plus personnels.

« Vous avez un léger accent... J'ai supposé que vous étiez belge.

— Pas tout à fait. » Il eut cette fois un sourire surprenant, presque enfantin. « Je suis né au Luxembourg. Je suis une espèce d'immigré, moi aussi... » Il parlait du Luxembourg comme d'un Éden perdu, alors que de notoriété publique il s'agit d'un pays minuscule et médiocre, sans caractéristiques bien définies – même pas un pays, en fait, plutôt un ensemble de bureaux fantômes dispersés dans des parcs, de simples boîtes postales pour les sociétés en quête d'évasion fiscale.

Il s'avéra que Rudi était inspecteur de police, et qu'il vivait à Bruxelles. Au cours du repas, il me parla de la ville avec amertume. La délinquance y était envahissante : de plus en plus souvent les groupes de jeunes attaquaient les passants en pleine journée, au milieu des centres commerciaux. Quant à la nuit, il ne fallait pas y songer ; cela faisait bien longtemps que les femmes seules n'osaient plus sortir après le coucher du soleil. L'intégrisme islamique avait pris des proportions alarmantes ; après Londres, Bruxelles était maintenant devenue un sanctuaire terroriste. Dans les rues, sur les places, on rencontrait de plus en plus de femmes voilées. De plus, le conflit entre Flamands et Wallons s'était encore exacerbé ; le Vlaams Blok était tout proche du pouvoir. Il me parlait de la capitale européenne comme d'une cité au bord de la guerre civile.

Sur le plan personnel, ça n'allait guère mieux. Il avait épousé une Marocaine, mais sa femme et lui étaient séparés depuis cinq ans. Elle était repartie au Maroc en emmenant leurs deux enfants ; il ne les avait jamais revus. En somme, l'existence de Rudi me paraissait proche de la catastrophe humaine totale.

Et pourquoi était-il venu à Lanzarote ? L'incertitude, le besoin de vacances, une employée d'agence de voyages entreprenante : bref, le scénario classique.

« De toute façon, les Français méprisent les Belges, dit-il pour conclure ; et le pire est qu'ils ont raison. La Belgique est un pays déliquescent et absurde, un pays qui n'aurait jamais dû exister.

— On pourrait louer une voiture... » proposai-je pour détendre l'atmosphère.

Il parut surpris par la proposition ; je m'animai. L'île avait de réelles beautés, nous avions pu, au cours de l'excursion à Timanfaya, nous en rendre compte. Certes, les habitants de Lanzarote ne semblaient pas en avoir conscience ; mais ils ne différaient nullement, en cela, de la plupart des *autochtones*. À d'autres égards, pourtant, c'étaient des êtres étranges. Petits, timides et tristes, ils conservaient une attitude de dignité pleine de réserve ; ils ne correspondaient en rien à l'image flamboyante de l'autochtone méditerranéen qui fait la joie de certaines touristes norvégiennes ou bataves. Cette tristesse semblait venir de loin ; dans un ouvrage que Fernando Arrabal avait consacré à

Lanzarote, j'avais appris que les habitants préhistoriques de l'île n'avaient jamais songé à prendre la mer ; tout ce qui se situait au-delà des côtes leur paraissait être le domaine de l'ambiguïté et de l'erreur. Ils observaient, certes, les feux montant des îles proches ; mais ils n'avaient jamais eu la curiosité de vérifier si ces feux provenaient d'êtres humains, si ces êtres humains étaient semblables à eux ; une attitude d'abstention à l'égard de tout contact leur paraissait le comportement le plus sage. L'histoire de Lanzarote jusqu'à une période historique récente était donc celle d'un isolement total ; de cette histoire il ne demeurait d'ailleurs rien, sinon le récit incomplet de certains prêtres espagnols qui avaient recueilli des témoignages avant de donner leur bénédiction au massacre des populations locales. Cette méconnaissance avait plus tard été la source de différents mythes sur l'origine de l'Atlantide.

Je m'aperçus que Rudi ne m'écoutait plus ; il terminait son vin, abruti ou pensif. Il est vrai que je m'étais écarté de mon sujet. Les habitants de Lanzarote, repris-je avec animation, ont exactement, sur le plan du rapport à la beauté, le même comportement que les autres *autochtones*. Parfaitement insensible à la splendeur de son cadre naturel, l'autochtone s'emploie en général à le détruire, au désespoir du touriste, être sensible, en quête de bonheur. Lorsque le touriste lui a désigné la beauté, l'autochtone devient capable de la voir, de la préserver et d'organiser son exploitation commerciale sous la forme d'*excursions*. Mais, à Lanzarote, ce processus n'en était encore qu'à son tout début ; il ne fallait donc pas s'étonner de ce que l'hôtel ne propose que trois excursions. Pourquoi, alors, ne pas louer une voiture ? Pourquoi ne pas découvrir en toute liberté ces paysages lunaires (ou martiens, suivant l'agence de voyages) ? Non, les vacances n'étaient pas finies ; elles ne faisaient, en réalité, que commencer.

Montrant plus d'énergie que je ne l'avais espéré, il consentit immédiatement au projet. Le lendemain matin, nous nous rendîmes à une agence et réservâmes une Subaru de location pour trois jours. Où aller, maintenant ? J'avais acheté une carte.

– 6 –

« Il y a le marché de Teguise… proposa timidement Rudi. Il faut que je rapporte quelque chose à mes nièces. »

Je lui jetai un regard torve. J'imaginais bien le genre d'endroit, avec ses échoppes et ses produits artisanaux à la con. Mais bon, c'était sur la route de la playa de Famara – de loin la plus belle plage de l'île, selon les brochures disponibles à l'hôtel.

La route de Teguise s'allongeait, parfaitement rectiligne, au milieu d'un désert de pierres alternativement noires, rouges et ocres. Le seul relief était constitué par les volcans, au loin ; leur présence massive avait quelque chose d'étrangement rassurant. La route était déserte, nous roulions sans prononcer une parole. On se serait cru dans un western métaphysique.

À Teguise, je réussis à me garer près de la place principale et je m'installai directement à une terrasse, laissant Rudi flâner entre les échoppes. Il y avait surtout de la vannerie, de la poterie et des *timples* – sorte de petites guitares à quatre cordes spécifiques à l'île, toujours selon les brochures de l'hôtel. J'étais à peu près sûr que Rudi allait acheter des *timples* à ses nièces ; ça me paraissait une attitude normale. Ce qui était plus intéressant, c'était le public du marché. Aucun beauf à casquette FRAM, pas de routards auvergnats non plus. La foule assez dense qui se pressait autour des étalages était surtout constituée de roulures techno et de *hippies chics* ; on se serait cru à Goa ou à Bali, plutôt que dans une île espagnole perdue au milieu de l'Atlantique. D'ailleurs, la plupart des cafés autour de la place proposaient des services d'e-mail et de connexion Internet à bas prix. À la table voisine de la mienne, un barbu de grande taille, en costume de lin blanc, étudiait la Bhagavad-Gita. Son sac à dos, également blanc, portait les inscriptions suivantes : « IMMEDIATE ENLIGHTMENT − INFINITE LIBE-RATION − ETERNAL LIGHT ». Je commandai une salade de poulpes et une bière. Un jeune type aux cheveux longs, avec un tee-shirt blanc orné d'une étoile multicolore, s'approchait avec un petit paquet de prospectus. *« No thanks »*, dis-je rapidement. À ma surprise, il répondit en français : « C'est gratuit, monsieur. C'est une série de questions amusantes pour vous aider à découvrir votre personnalité. » Je pris son papier. Lumière-Éternelle, plongé dans son étude, repoussa l'offre avec hauteur. Ils étaient une dizaine sur la place, à distribuer leurs prospectus.

Ils annonçaient clairement la couleur puisqu'il y avait écrit en gros sur la première page : « RELIGION RAÉLIENNE ». J'avais déjà entendu parler de cette secte : elle était dirigée par un certain Claude Vorilhon, ancien chroniqueur sportif dans un journal local − « La Montagne » de Clermont-Ferrand, je crois. En 1973, il avait rencontré des extraterrestres lors d'une excursion dans le cratère du puy de Lassolas. Ceux-ci se faisaient appeler les Elohim ; ils avaient créé l'humanité en laboratoire, bien des millions d'années auparavant, et suivaient de loin l'évolution de leurs créatures. Naturellement ils avaient délivré un message à Claude Vorilhon, celui-ci avait abandonné son métier de chroniqueur sportif, s'était rebaptisé Raël et avait créé le mouvement raélien dans la foulée. Une des missions qui lui avaient été confiées était de bâtir l'ambassade qui servirait à accueillir les Elohim lors de leur prochain passage terrestre. Mes informations s'arrêtaient là ; je savais aussi que la secte était classée comme plutôt dangereuse, à surveiller.

Le prospectus que m'avait remis le type, en tout cas, était parfaitement anodin. Baptisé « ÉVALUEZ VOTRE QUOTIENT SENSUEL », il se composait de questions du genre : « Vous masturbez-vous souvent ? » ou « Avez-vous déjà pratiqué l'amour en groupe ? » ; on aurait pu trouver ça dans n'importe quel numéro de *Elle*.

La compagne de Lumière-Éternelle revint s'asseoir à sa table, elle avait acheté une merde en vannerie. Apercevant ma cigarette, elle eut un mouvement de recul effrayé ; je l'éteignis aussitôt. Elle ressemblait tout à fait à une institutrice australienne. Lumière-Éternelle ouvrit la bouche avec stupéfaction : plongé dans son livre pieux, il n'avait même pas remarqué que je fumais. Il valait mieux se tirer, les choses risquaient de dégénérer rapidement avec ces guignols. Où était passé Rudi ? Je fis lentement le tour de la place avant de l'apercevoir, en grande conversation avec un des raéliens.

Sur la route de Famara, il me donna quelques informations complémentaires. Selon Raël, les Elohim n'avaient pas seulement créé l'homme, mais l'ensemble de la vie sur Terre. « Il n'y a pas lieu de les en féliciter... » ricanai-je entre mes dents. De fait, ce n'était pas complètement absurde ; j'avais déjà entendu parler de théories sur l'origine extraterrestre de la vie, des spores remplies de bactéries martiennes ou quelque chose de ce genre. Je ne savais pas si ces théories avaient été confirmées, et à vrai dire je m'en foutais un peu. La route serpentait en lacets jusqu'à l'Ermita de las Nieves avant de redescendre vers la côte. En arrivant au sommet, je me rendis compte que sur la côte ouest de l'île le temps était sensiblement différent. De gros nuages gris recouvraient le ciel, le vent soufflait entre les pierres.

Famara offre au visiteur le spectacle décourageant d'une station balnéaire ratée. C'est là qu'on sent le mieux l'influence norvégienne. Quelques propriétaires aux cheveux de lin s'obstinent à entretenir un jardin étique (car bien que le temps soit constamment couvert il ne pleut jamais, à Famara, pas plus que dans le reste de l'île) ; ils nous regardaient passer, un râteau à la main. Partout, on apercevait des pancartes « *Rooms to rent* ». Notre voiture était pratiquement la seule à circuler sur le front de mer ; attirés par le bruit du moteur, les propriétaires des cafés sortaient sur le pas de leurs portes, pleins d'espoir. C'est pourtant vrai que la plage était splendide, une immense ellipse de sable blanc, longue de plusieurs kilomètres ; mais la mer était trop grise, trop agitée pour donner envie de s'y baigner ; et la planche à voile, c'est un peu juste pour occuper un mois de vacances. On n'entendait aucun bruit qui puisse indiquer une présence humaine : ni télévision, ni transistor, rien. Des bateaux de plaisance à moitié ensablés rouillaient lentement.

Tout cela n'entamait nullement ma bonne humeur ; c'est alors que je me rendis compte que je commençais à aimer cette île. Rudi par contre semblait affreusement déçu, au bord des larmes. « Ben oui... me sentis-je obligé d'intervenir, c'est normal qu'il n'y ait pas grand monde. C'est tout le temps couvert, la mer est mauvaise... les gens se font chier. » D'un commun accord, nous reprîmes la route des volcans.

À mesure que nous descendions vers le Sud, les paysages devenaient de plus en plus impressionnants. Peu après l'intersection de Tinajo, Rudi voulut s'arrêter. Je le rejoignis sur le terre-plein qui dominait le vide. Il restait là, le regard fixe, comme hypnotisé. Nous surplombions un désert minéral total. Devant nous une faille énorme, de plusieurs dizaines de mètres de largeur, serpentait jusqu'à l'horizon, tranchant la surface grise de l'écorce terrestre. Le silence était absolu. C'est à cela, me dis-je, que ressemblerait le monde, après sa mort.

Plus tard, peut-être, il y aurait une résurrection. Le vent et la mer attaqueraient les rochers, les décomposeraient en poussière et en sable ; peu à peu, des sols se formeraient. Il y aurait des plantes – et puis, beaucoup plus tard, des animaux. Mais, pour l'instant, il n'y avait que des rocs – et une route, tracée par l'homme.

Dans la voiture, Rudi m'expliqua le sens de la présence des raéliens sur cette île. Pour édifier l'ambassade où devait avoir lieu l'accueil des extraterrestres, Claude Vorilhon avait d'abord songé à la Suisse, ou aux Bahamas – bref, il avait plutôt raisonné sur des bases fiscales. Un séjour de vacances effectué par hasard à Lanzarote l'avait remis sur la voie. La première rencontre avait eu lieu dans les montagnes sèches du Sinaï ; la seconde dans le cratère éteint du puy de Lassolas. La troisième devait avoir lieu ici, au milieu des volcans, sur les terres des anciens Atlantes.

Je méditai quelque temps l'information. Effectivement, si des extraterrestres devaient se manifester un jour, c'était l'endroit idéal pour un reportage CNN ; j'avais tout de même un peu de mal à y croire.

Le soleil se couchait lorsque nous abordâmes la Geria. C'est une étroite vallée qui fraie son chemin entre des pentes de cailloux et de graviers allant du violet sombre au noir. Au cours des siècles les habitants de l'île ont ramassé les cailloux, édifié des murets semi-circulaires, creusé dans le gravier des excavations protégées par les murets. À l'intérieur de chaque excavation, à l'abri du vent, ils ont planté un pied de vigne. Les graviers volcaniques sont un terrain excellent, et l'ensoleillement est bon ; le raisin qu'ils vendangent donne un muscat très parfumé. L'obstination qu'avaient demandée ces travaux était impressionnante. L'acte de naissance de Lanzarote était une catastrophe géologique totale ; mais là, dans cette vallée, sur quelques kilomètres, on avait affaire à une nature abstraite, reconstruite à l'usage des hommes.

Je proposai à Rudi de prendre une photo ; mais non, ça n'avait pas l'air de l'intéresser. Rien, d'ailleurs, n'avait l'air de l'intéresser ;

il me paraissait filer un mauvais coton. Il accepta quand même de s'arrêter pour une dégustation de vins.

« Demain, on pourrait proposer aux Allemandes de venir avec nous... émis-je, mon verre de muscat à la main.

— Quelles Allemandes ?

— Pam et Barbara. »

Son front se plissa sous la réflexion ; manifestement, il ne se souvenait plus très bien.

« Pourquoi pas... dit-il finalement. Mais ce ne sont pas des gouines ? interrogea-t-il au bout d'un temps.

— Et alors ! lançai-je avec pétulance. C'est sympa, les gouines... Enfin, c'est parfois sympa. »

Il haussa les épaules, l'air de s'en foutre complètement.

Lorsque nous rentrâmes à l'hôtel, la nuit était tombée. Rudi partit se coucher directement ; il n'avait pas faim, me dit-il. Il s'excusait, il était désolé, sans doute un peu fatigué, bref. Je pénétrai donc seul dans la salle de restaurant, à la recherche de Pam et Barbara.

— 7 —

Comme je l'avais prévu, elles acceptèrent avec enthousiasme ; mais elles avaient une idée très précise de l'organisation de leur journée. Ce qu'elles souhaitaient avant tout c'était de pouvoir se rendre sur la plage de Papagayo, où l'on pratiquait le naturisme. Les Allemandes, expliquai-je à Rudi le lendemain matin, il faut les prendre comme elles sont ; mais si on se plie à leurs petites manies on est en général récompensé, dans l'ensemble ce sont de très braves filles. J'insistai cependant pour faire un crochet par l'anse d'El Golfo ; il y a un rocher découpé qui surgit de la mer, tout un tas de couleurs bizarres, enfin c'est très beau. Chacun d'ailleurs en convint, et Rudi, tout ragaillardi, prit une bonne trentaine de photos. Dans un bar de Playa Blanca, nous déjeunâmes de tapas et de vin blanc. Un peu échauffée, Pam se laissa aller à certaines confidences. Oui, elles étaient lesbiennes ; mais pas lesbiennes *exclusives*. Hé hé, me dis-je. Elle voulut alors savoir si nous étions pédés. « Euh... non », fis-je. Rudi avait du mal à terminer ses poulpes. Il piqua le dernier avec son cure-dents, releva les yeux et répondit distraitement : « Non, non plus... Pas à ma connaissance. »

Après la sortie de Playa Blanca nous longeâmes la route côtière pendant une dizaine de minutes, puis il fallut tourner à gauche en direction de la punta de Papagayo. Pendant quelques kilomètres tout se passa à peu près bien, puis la route se dégrada brusquement avant de se transformer en chemin de terre. J'arrêtai la voiture et proposai à Rudi de prendre le volant. Nous avions un 4 x 4, mais justement j'ai toujours eu horreur des 4 x 4, de la conduite sur chemin difficile et de tout ce que ça implique. Ni les systèmes anti-patinage, ni les ponts différentiels auto-bloquants ne me plongent dans l'émerveillement. Donnez-moi une autoroute, une bonne Mercedes, et je suis un homme heureux. La première idée qui me vient à l'esprit, quand par malheur je suis amené à prendre le volant d'un 4 x 4, c'est de foutre cette saloperie dans le ravin et de continuer à pied.

Le chemin gravissait en lacets une colline escarpée. La montée fut pénible, nous ne pouvions pas dépasser le cinq à l'heure, des nuages de poussière ocre tourbillonnaient autour de nous. Je jetai un coup d'œil en arrière : Pam et Barbara n'avaient pas l'air incommodées par le trajet, elles rebondissaient bien sagement sur leurs sièges en plastique.

Au sommet, une surprise nous attendait. Une petite guérite semblable à un poste de douane barrait le chemin, surmontée d'un panneau indiquant : « ESPACE NATUREL PROTÉGÉ ». Voilà autre chose, me dis-je. Pour aller plus loin il fallait s'acquitter d'un droit d'entrée de mille pesetas, en échange de quoi on vous remettait une petite brochure avertissant de l'entrée dans une réserve mondiale de la biosphère, et énumérant différentes interdictions. Je lus avec incrédulité que le ramassage d'un caillou pouvait vous valoir une amende de vingt mille pesetas et six mois d'emprisonnement. Quant aux plantes, il ne fallait pas y songer ; de toute façon, il n'y avait pas de plantes. Le paysage n'avait pourtant rien de spécialement remarquable ; il était même beaucoup moins beau que ceux que nous avions traversés la veille. Nous nous cotisâmes pour payer. « Pas con, leur truc... soufflai-je à Rudi. Tu prends n'importe quel coin un peu paumé, tu laisses se dégrader la route et tu mets un panneau : "ESPACE NATUREL PRO-TÉGÉ". Forcément, les gens viennent. Il n'y a plus qu'à installer un péage, et le tour est joué. »

Quelques centaines de mètres plus loin, un embranchement s'étoilait entre cinq ou six directions. Playa Colorada, playa del Gato, playa Graciosa, playa Mujeres... ça n'avait aucun sens de choisir. « Prends au centre », dis-je à Rudi. Un peu plus loin un nouvel embranchement, puis un troisième. D'un seul coup, nous aperçûmes la mer. À cet endroit situé à l'extrême Sud de l'île, elle était d'un bleu idéal. Au loin, dans une brume de chaleur, on distinguait les côtes sablonneuses de l'île de Fuerteventura. En deux courbes brusques, le chemin aboutit à une crique déserte. Des rochers noirs encadraient une pente de sable blanc qui plongeait rapidement vers la mer.

Je suis allé me baigner tout de suite, avec Pam et Barbara. Tout en restant à quelques mètres, je ne me sentais pas vraiment exclu de leurs jeux. J'avais l'impression que ça valait le coup que je reste dans l'eau un peu plus longtemps. Effectivement, quand je suis remonté me sécher, elles étaient déjà enlacées sur leurs serviettes. Pam avait posé une main sur le pubis de Barbara, qui écartait doucement les jambes. Rudi était assis quelques mètres plus haut, l'air renfrogné ; il avait gardé son short. Je posai ma serviette à un mètre de celle de Barbara ; elle se redressa vers moi. « *You can come closer...* » Je m'approchai. Pam s'agenouilla au-dessus du visage de Barbara, lui offrant son sexe à lécher. Elle avait une jolie chatte épilée, avec une fente bien dessinée, pas très longue. J'effleurai les seins de Barbara. Leur rondeur était si agréable au contact que je fermai un long moment les yeux. Je les rouvris, déplaçai ma main jusqu'à son ventre. Elle avait une chatte très différente, blonde et fournie, avec un clitoris épais. Le soleil était très haut. Pam était tout près de venir, elle poussait de drôles de petits cris, comme ceux qu'on imagine à une souris. Le sang afflua soudain à sa poitrine, elle se libéra dans un hurlement prolongé ; puis elle respira profondément et vint s'asseoir dans le sable à mes côtés.

« Ça vous a plu ? demanda-t-elle, avec quand même un petit peu d'ironie.

— Beaucoup. Sincèrement, beaucoup.

— Je m'en rends compte... » Je n'avais pas cessé de bander. Elle entoura mon sexe de sa main pour le branler par petits va-et-vient amicaux. « Je ne suis plus du tout habituée à la pénétration, mais avec Barbara vous pouvez.

— J'aimerais bien... Je me sentis très con. Je n'ai pas de préservatifs. »

Elle éclata de rire, échangea quelques phrases avec Barbara en allemand. « Ce n'est pas grave... dit-elle en se redressant avec vivacité. On trouvera bien un moyen de s'occuper de vous. Allons nous baigner. »

En me relevant, je m'aperçus que Rudi avait disparu. Sa serviette était toujours là, au même endroit. J'hésitai quelques instants, et puis. *Suis-je le gardien de mon frère ?* Il ne devait pas être loin, de toute façon. « *Your friend looks sad...* » me dit Barbara dans l'eau. « *Yes... His life is not funny* », c'était le moins qu'on puisse dire. Elle eut une moue compatissante ; je me creusai la tête sans parvenir à en dire plus. L'anglais, j'ai toujours un peu de mal, au bout de trois phrases je suis largué, mais qu'y faire ? De toute façon, Barbara avait l'air assez limitée aussi, dans ce domaine. Après m'être séché, j'installai ma serviette à côté d'elle et me lançai :

« *You look a good girl. May I lick your pussy ?*

— *Ja ja !* », les termes n'étaient peut-être pas corrects, mais elle avait manifestement compris l'intention.

Elle se releva et s'installa à califourchon sur mon visage – sans doute était-elle habituée à cette position. J'effleurai d'abord les grandes lèvres, puis enfonçai deux doigts – sans grand résultat, elle devait être très clitoridienne. Je donnai un coup de langue appuyé sur le bouton ; elle respira plus fort. Je savais ce qui me restait à faire ; ce serait un vrai plaisir. Elle avait un bon goût musqué, légèrement masqué par la saveur de sel ; ses gros seins se balançaient doucement à la verticale de mon visage. J'étais en train d'accentuer la rapidité de mes coups de langue lorsque je la sentis se raidir ; elle se redressa légèrement. Je tournai la tête : Rudi était à quelques mètres, mélancolique et ventru.

« *Come !* lança gaiement Barbara. *Come with us !* »

Il secoua la tête, je crus l'entendre marmonner quelque chose comme : « Non, non, ce n'est pas cela... » ; puis il s'assit lourdement dans le sable. Après un instant de gêne, Barbara écarta à nouveau les genoux, amenant son sexe contre ma bouche. Je posai les mains sur ses fesses et recommençai à la lécher avec une ardeur croissante ; au bout d'un temps, je fermai les yeux pour me concentrer sur la saveur. Peu après, je sentis la petite bouche de Pam qui se refermait sur le bout de ma queue. Le soleil continuait à chauffer ; c'était divin. Pam avait une manière très particulière de sucer, pratiquement sans bouger les lèvres, mais en passant la langue tout autour du gland, parfois très vite, parfois avec d'exquis ralentissements.

Barbara montait de plus en plus, ses gémissements devenaient vraiment forts. Au moment de l'orgasme elle se cambra violemment et poussa un long hurlement. J'ouvris les yeux : la tête en arrière, les cheveux dénoués, les seins pointant vers le ciel, elle avait l'impressionnante beauté d'une divinité femelle. Dans la bouche de Pam, je me sentais moi-même tout près d'éclater.

« Pam, arrête... implorai-je.

— Tu ne veux pas jouir maintenant ? »

Barbara se rallongea sur le dos, respirant à grands coups. « Si, vas-y... » dis-je finalement à Pam. Elle me fit signe de m'approcher de Barbara et reposa sa main sur ma queue, puis elle échangea quelques phrases en allemand avec son amie. « Elle dit que tu lèches très bien, pour un homme... » résuma-t-elle avant de refermer son autre main sur mes couilles. Je gémis sourdement. Elle dirigea ma queue vers la poitrine de Barbara et recommença à branler par petits coups très vifs, ses doigts en anneau à la racine du gland. Barbara me regarda et sourit ; au moment où elle pressa ses mains sur le côté de ses seins pour accentuer leur rondeur, j'éjaculai violemment sur sa poitrine. J'étais dans une espèce de transe, je voyais trouble, c'est comme dans un brouillard que je vis Pam étaler le sperme sur les seins de sa compagne. Je me rallongeai sur le sable, épuisé ; je voyais de plus en plus trouble. Pam commença à lécher le sperme sur les seins de Barbara. Ce geste était infiniment touchant ; j'en eus les larmes aux yeux. Je m'endormis ainsi, enlaçant la taille de Barbara, avec des larmes de bonheur.

Pam me secouait pour me réveiller. J'ouvris les yeux. Le soleil se couchait sur la mer. « Il faut rentrer... dit-elle. Il faut rentrer, monsieur le Français. » Je me rhabillai sans y penser, dans un état de détente heureuse. « Quelle belle après-midi... » dis-je doucement en revenant vers la voiture. Elle approuva de la tête. « On peut acheter des préservatifs, ajoutai-je. J'ai vu une pharmacie à Playa Blanca. – Si ça peut te faire plaisir... » répondit-elle gentiment.

Rudi et Barbara nous attendaient près de la voiture. Pam s'installa à l'avant. Dans le crépuscule, l'ocre de la plaine virait à une teinte chaude, presque orangée. Nous roulâmes en silence pendant quelques kilomètres, puis Pam s'adressa à Rudi :

« J'espère que nous ne vous avons pas choqué, tout à l'heure.

— Pas du tout, mademoiselle. » Il sourit tristement. « Je suis juste un peu. Un peu... Il faut me pardonner », conclut-il brusquement.

De retour à l'hôtel Rudi voulut comme d'habitude aller se coucher, mais Pam insista pour que nous dînions tous les quatre ; elle connaissait un restaurant, dans le Nord de l'île.

Les pommes de terre de Lanzarote sont petites, ridées, leur chair est très savoureuse. Le mode de cuisson – particulier à l'île

– consiste à les placer dans un pot de terre fermé, au fond duquel on verse un peu d'eau très salée. L'eau, en s'évaporant, les entoure d'une croûte de sel ; toute la saveur est préservée.

Pam et Barbara vivaient près de Francfort. Barbara travaillait dans un salon de coiffure. Je n'ai pas très bien compris ce que faisait Pam, mais ça avait quelque chose à voir avec les services financiers, et ça pouvait se faire en grande partie par Internet.

« Je ne me considère pas comme *lesbienne*, dit Pam. Je suis avec Barbara, c'est tout.

— Tu es fidèle ? »

Elle rougit un peu. « Oui… maintenant, oui, nous sommes fidèles l'une à l'autre. Sauf avec un homme, de temps en temps, mais là c'est différent, ça ne prête pas à conséquence. »

Je jetai un regard à Barbara, qui dévorait ses pommes de terre avec appétit. Assis en face d'elle, Rudi ne mangeait pas vraiment, il chipotait dans son assiette ; il ne prenait pas part à la conversation, non plus. Il commençait à me décourager, je ne voyais vraiment plus quoi faire avec lui. Barbara leva les yeux vers lui et lui dit en souriant : « *You should eat. It's very good.* » Obéissant, il piqua aussitôt une pomme de terre de sa fourchette.

Elles envisageaient de s'installer en Espagne, m'expliqua Pam, dès qu'il lui serait possible d'effectuer intégralement son travail par Internet. Pas à Lanzarote, plutôt à Majorque ou sur la Costa Blanca. « Il y a eu des problèmes à Majorque avec les Allemands, dis-je.

— Je sais… répondit-elle. Ça passera. De toute façon, on est dans l'Europe. Et les Allemands n'ont plus envie de rester en Allemagne, parce que c'est un pays désagréable et froid, et parce qu'ils trouvent qu'il y a trop de Turcs. Dès qu'ils ont un peu d'argent, ils partent vers le Sud ; personne ne pourra les en empêcher.

— La Turquie va peut-être entrer dans l'Europe, remarquai-je. Alors, les Allemands pourront y aller.

Elle sourit franchement. « C'est peut-être ce qu'ils vont faire… Ils sont bizarres, les Allemands. Ils ont beau être mes compatriotes, je les aime bien. À Majorque, on a beaucoup d'amis allemands et espagnols. Tu pourras venir, si tu veux. »

Elle m'expliqua ensuite qu'elle et Barbara voulaient avoir des enfants. Ce serait plutôt Barbara qui les porterait, elle avait très envie d'arrêter de travailler. Pour la fécondation, elles n'envisageaient pas d'utiliser de moyens artificiels ; c'était plus simple de faire appel à un ami, elle connaissait plusieurs personnes qui étaient d'accord pour féconder Barbara.

« Ça ne m'étonne pas… dis-je.

— Tu es intéressé ? » me demanda-t-elle à brûle-pourpoint.

Je restai coi ; je me sentais vraiment gêné. Parce que oui, même si je n'y avais jamais songé jusqu'à cette seconde, j'étais intéressé, en fait ; j'étais même horriblement intéressé. Pam se rendit compte qu'elle avait été trop brusque. Elle me tapota gentiment la main. « On en reparlera… dit-elle. On en reparlera avec Barbara. »

Pour dissiper ce moment de gêne, nous avons parlé des Espagnoles ; nous sommes tombés d'accord pour conclure que ça valait le coup de faire l'amour avec elles. Non seulement elles aiment le sexe, elles ont souvent de gros seins, mais ce sont en général de braves filles, sans complications et sans histoires, à l'opposé des Italiennes – tellement persuadées de leur propre beauté qu'elles en deviennent imbaisables, malgré d'excellentes dispositions de départ. Cette conversation sans risques nous conduisit jusqu'au dessert – une crème brûlée à la cannelle ; puis nous prîmes un anis. Malgré tous mes regards dans sa direction, je n'avais pas réussi à faire participer Rudi ; il restait là, silencieux, quasi hébété, sur sa chaise. En désespoir de cause, je lançai :

« Et les Belges ? Que peut-on dire des Belges ? »

Il me fixa avec une sorte de terreur, comme si j'entrouvrais, devant lui, des abîmes.

« Les Belges sont des êtres scatologiques et pervers qui se complaisent dans leur propre humiliation, commença-t-il avec grandiloquence. Je vous l'ai dit lors de notre premier entretien : pour moi, la Belgique est un pays qui n'aurait jamais dû exister. Je me souviens, dans un centre de culture alternative, d'avoir vu une affiche qui portait ce simple mot d'ordre : « Bombardez la Belgique » ; j'étais entièrement d'accord. Si j'ai épousé une Marocaine, c'était justement pour échapper aux Belges. »

« Puis elle m'a quittée… reprit-il d'une voix changée. Elle est retournée vers sa connerie d'islam, elle a emmené mes filles, et je ne les reverrai plus jamais. »

Barbara lui jeta un tel regard de compassion que je vis une larme se former au coin de l'œil de Rudi. Elle ne comprenait rien, elle ne comprenait que l'intonation, mais ça lui suffisait pour se rendre compte qu'elle avait affaire à un homme à bout.

Qu'est-ce qu'on pouvait ajouter ? Évidemment rien. Je versai à Rudi un deuxième anis.

Sur le chemin du retour, nous parlâmes assez peu. Dans le hall de l'hôtel, Pam et Barbara embrassèrent Rudi à plusieurs reprises sur les joues pour lui souhaiter bonne nuit. Je lui serrai la main, essayai vaguement de lui secouer l'épaule. Décidément les hommes sont moins doués, pour ce genre de choses.

En rentrant dans la chambre des deux Allemandes je me sentais un peu con, avec mes préservatifs ; je n'avais plus vraiment le moral. Pam expliqua la situation à Barbara, qui l'interrompit et se lança dans une longue tirade en allemand. « Elle dit qu'au contraire c'est maintenant qu'on devrait faire l'amour ; ça nous fera du bien à nous les trois. Je suis d'accord avec elle », conclut Pam en posant une main sur ma queue. Elle défit mon pantalon et le fit glisser jusqu'au sol. Barbara se déshabilla complètement, s'agenouilla devant moi et me prit dans sa bouche. C'était impressionnant : elle referma ses lèvres sur le bout de mon sexe, et, lentement mais irrésistiblement, centimètre après centimètre, l'introduisit dans sa gorge ; alors, elle commença à faire bouger sa langue. Au bout de deux minutes, je sentis que je n'allais plus pouvoir tenir ; je dis : « Maintenant ! » d'une voix forte. Barbara comprit aussitôt, se renversa sur le lit et écarta les cuisses. J'enfilai un préservatif et entrai en elle. Pam, assise à nos côtés, se caressait en nous regardant.

Je la pénétrais en profondeur, lentement et puis vite ; Pam lui caressait les seins. Elle éprouvait du plaisir, et elle était visiblement très détendue, mais encore loin de l'orgasme, quand Pam se décida. Posant sa main sur la chatte de son amie, elle commença à caresser le clitoris très vite, par petits coups rapides de l'index et du majeur. Je m'immobilisai. Les parois du vagin de Barbara se contractaient sur ma queue au rythme de sa respiration. Malicieusement, Pam referma son autre main sur mes couilles et les pressa doucement, tout en accélérant encore le mouvement de ses doigts. Elle s'y prit avec une telle habileté que Barbara et moi jouîmes exactement en même temps, moi avec un bref cri intense, elle avec un grondement plus long et plus rauque.

J'enlaçai Pam et déposai de petits baisers sur ses épaules et sur son cou pendant que Barbara commençait à la lécher. Elle jouit un peu plus tard, presque calmement, avec une cascade de petits couinements aigus.

J'étais épuisé, et me dirigeai vers le lit d'appoint – le lit d'enfant, en fait – pendant que Pam et Barbara continuaient à se branler et s'entresucer dans le grand lit. J'étais nu et heureux. Je savais que j'allais très bien dormir.

— 8 —

Nous n'avions pas de programme ni de rendez-vous précis pour la journée du lendemain ; vers onze heures, pourtant, je commençai à m'inquiéter de l'absence de Rudi. J'allai frapper à sa porte, sans résultat. Je demandai à la réception. L'employé m'informa qu'il était parti tôt ce matin, en emmenant toutes ses affaires ; il ignorait dans quelle direction. Oui, il avait définitivement quitté l'hôtel.

J'étais en train d'apprendre la nouvelle à Pam et Barbara, qui se faisaient bronzer au bord de la piscine, quand le réceptionniste vint vers moi, une enveloppe à la main. Rudi avait laissé un message. Je remontai dans ma chambre pour le lire. C'était une lettre de plusieurs pages, à l'encre noire, d'une petite écriture nette et soigneuse.

Cher Monsieur,

Je tiens d'abord à vous remercier de m'avoir, pendant ces quelques jours, traité comme un être humain. Ceci peut vous paraître évident ; pour moi, ça ne l'est pas. Vous ignorez probablement ce que c'est qu'être flic ; vous ne réalisez pas à quel point nous formons une société à part, repliée sur ses propres rites, tenue dans la suspicion et le mépris par le reste de la population. Vous ignorez sans doute encore davantage ce que c'est qu'être belge. Vous ne mesurez pas la violence — latente ou réelle, la méfiance et la crainte auxquelles nous sommes confrontés dans nos rapports quotidiens les plus élémentaires. Essayez, à titre d'exemple, de demander votre chemin à un passant dans les rues de Bruxelles : le résultat vous surprendra. Nous ne formons plus, en Belgique, ce qu'il est convenu d'appeler une « société » ; nous n'avons plus rien en commun que l'humiliation et la peur. C'est une tendance, je le sais, commune à l'ensemble des nations européennes ; mais, pour différentes raisons (qu'un historien serait sans doute à même d'élucider), le processus de dégradation a atteint une gravité particulière en Belgique.

Je tiens ensuite à vous redire que votre comportement avec vos deux amies allemandes ne m'a pas le moins du monde choqué. Ma femme et moi, lors des deux dernières années de notre mariage, fréquentions assidûment ce qu'il est convenu d'appeler les boîtes pour couples « non conformistes ». Elle y prenait du plaisir, et moi aussi. Pourtant, au fil des mois – et je ne sais pas exactement pourquoi – les choses ont commencé à mal tourner. Ce qui était au départ une fête joyeuse et sans tabous s'est peu à peu transformé en un exercice de dépravation sans joie, avec quelque chose de froid et de profondément narcissique. Nous n'avons pas su nous arrêter à temps. Nous en sommes venus à des situations humiliantes où nous nous contentions d'assister en spectateurs passifs aux exhibitions de monstres sexuels parfaits, dont nous ne pouvions plus faire partie, vu notre âge. C'est probablement même cela qui a précipité ma femme – c'était quelqu'un d'intelligent, de sensible, de profondément cultivé – vers les solutions monstrueuses et rétrogrades de l'islam. Je ne sais pas si cet échec était inéluctable ; mais, en y repensant – et cela fait deux années que j'y repense – je ne vois toujours pas comment j'aurais pu l'éviter.

La sexualité est une puissance majeure, à tel point que toute relation qui s'y refuse a nécessairement quelque chose d'incomplet. Il y a une barrière des corps, tout comme il y a une barrière de la langue. En tant qu'hommes nous étions, l'un et l'autre, réduits à un stade limité de l'échange, et je comprends très bien ce que vous avez voulu faire en provoquant une rencontre avec vos deux amies allemandes ; je le comprends, et je vous en remercie. Mais, pour moi, il était malheureusement un peu tard. Le drame de la dépression est qu'elle rend impossible toute démarche vers les actes sexuels qui seraient, pourtant, les seuls à pouvoir calmer cette atroce sensation d'angoisse qui l'accompagne. Vous n'imaginez pas, déjà, le mal que j'ai eu à décider de ce voyage.

Je sais que ce qui suit va vous peiner, et que vous vous en sentirez en partie responsable. Ce n'est pourtant pas le cas, et je vous réaffirme que vous avez fait tout ce qui était en votre pouvoir pour me ramener à une vie « normale ». En un mot, j'ai décidé d'adhérer à la religion raélienne. J'avais déjà eu, je le précise, des contacts avec ses représentants en Belgique ; mais j'ignorais que Lanzarote fût un centre important, et c'est, en quelque sorte, ce voyage qui m'a décidé à sauter le pas. Je sais que, pour les Occidentaux, l'adhésion à une « secte », avec la renonciation à une certaine forme de liberté individuelle qu'elle implique, est toujours interprétée comme un dramatique échec personnel. Je voudrais tenter de vous expliquer pourquoi ce sentiment me paraît, en l'occurrence, injustifié.

Que pouvons-nous espérer de la vie ? Voilà une question, il me semble, à laquelle on peut difficilement se soustraire. Toutes les religions, à leur manière, essaient d'y répondre ; et les êtres non religieux se la posent, pratiquement dans les mêmes termes.

La réponse apportée par la religion raélienne est d'une nouveauté radicale puisqu'elle propose à chacun, dès maintenant et sur cette terre, de bénéficier de l'immortalité physique. En pratique, un prélèvement de peau est effectué sur chaque nouvel adhérent ; ce prélèvement est conservé à très basse température. Des contacts sont régulièrement maintenus avec les sociétés de biotechnologie les plus avancées dans le domaine du clonage humain. De l'avis des meilleurs spécialistes, la réalisation pratique du projet n'est plus qu'une question d'années.

Allant plus loin, Raël propose l'immortalité des pensées et des souvenirs — par transfert du contenu mémoriel sur un support intermédiaire, avant réinjection dans le cerveau du nouveau clone. Cette proposition, il est vrai, relève davantage de la science-fiction, dans la mesure où on n'a pour l'instant aucune idée des bases techniques de sa mise en œuvre. Quoi qu'il en soit, il paraît étrange de qualifier de « secte » une organisation qui apporte des réponses aussi novatrices et techniciennes à un ensemble de problèmes traités par les religions conventionnelles de manière beaucoup plus irrationnelle et métaphorique. Le point faible de la doctrine réside évidemment dans l'existence des Elohim, ces extraterrestres qui auraient créé la vie sur Terre voici plusieurs centaines de millions d'années. Mais, outre qu'une telle hypothèse n'a rien d'absurde, on peut observer que, pour une raison ou une autre, les communautés humaines ont toujours eu le plus grand mal à s'organiser sans la référence à un principe supérieur.

sur le plan financier, l'accusation faite aux raéliens de constituer une « secte » ne tient pas davantage. Chaque adhérent verse 10 % de ses revenus à la communauté – ni plus, ni moins. Naturellement, s'il décide de quitter son domicile pour rejoindre un lieu de vie collectif, la contribution peut être supérieure. C'est, pour ma part, ce que j'ai décidé de faire. Ma maison n'a plus d'intérêt à mes yeux ; je ne m'y sens plus chez moi depuis que ma femme et mes filles sont parties. De plus, elle est située dans un quartier devenu dangereux, où ma qualité de policier me vaut des vexations quotidiennes. Je vais donc la revendre, et rejoindre une des communautés raéliennes installées en Belgique.

Tout ceci peut paraître bien brusque, et je n'essaierai pas de prétendre qu'il s'agit d'une décision mûrement réfléchie, prise après avoir longtemps pesé le pour et le contre. Mais ce que j'aimerais vous faire comprendre c'est que, dans l'état actuel de ma vie, je n'ai de toute façon plus grand-chose à perdre.

À l'issue de cette longue lettre, il me reste à vous remercier pour votre patience et votre humanité, et à vous souhaiter les meilleures chances dans la vie, pour vous et votre famille.

Votre affectionné,

Rudi.

— 9 —

Je reposai la lettre, accablé. Ainsi, ils allaient réussir à détourner l'argent de la vente de sa maison. Toute une vie d'économie et d'emprunts, et puis ça. D'un autre côté, ils pouvaient aussi bien être honnêtes. C'est ça qui est terrible, avec les sectes : jusqu'à ce qu'un scandale éclate, on n'est sûr de rien.

Je résumai le contenu de la lettre à Pam et Barbara. D'un commun accord, nous décidâmes de ne pas faire d'excursion. Je me rendis à l'agence pour rendre la voiture de location, puis je passai le reste de la journée à la piscine avec elles. Pam avait terminé le Marie Desplechin, qui ne lui avait pas tellement plu. Je lui conseillai le livre d'Emmanuel Carrère, *L'adversaire* ; évidemment je n'avais que l'édition française, mais s'il y avait un passage difficile je pourrais toujours le lui expliquer. Moi-même, je me sentais incapable de lire ; je m'allongeai sur un transat et observai les nuages. Je me sentais la tête à peu près vide, et c'était mieux ainsi.

Le soir nous avons couché tous les trois, enlacés dans le grand lit, mais sans que rien de sexuel ne se produise. Comme si nous avions simplement besoin de nous protéger ; comme si nous sentions la présence de quelque chose de sombre, d'une puissance souterraine et mauvaise à l'œuvre dans cette île. D'un autre côté il se pouvait que Raël soit un bon prophète, que ses idées conduisent effectivement à l'amélioration du sort de l'humanité. Une chose était certaine, en tout cas : ce qui était arrivé à Rudi aurait pu arriver à chacun d'entre nous ; plus personne n'était à l'abri. Aucune position sociale, aucun lien ne pouvait plus être considéré comme assuré. Nous vivions les temps de tout avènement et de toute destruction possibles.

Le lendemain matin, Pam et Barbara m'accompagnèrent à l'aéroport. Nous n'avions pas réévoqué la question de l'enfant que Barbara aurait pu porter ; mais au moment des adieux, juste avant le portique de détection des objets métalliques, j'eus l'impression qu'elle me serrait dans ses bras avec une émotion particulière. Pam me fit un petit signe de la main, je m'engageai dans le couloir qui conduisait vers le hall d'embarquement.

Au moment du décollage, je jetai un dernier regard sur le paysage de volcans, d'un rouge sombre dans le jour naissant. Étaient-ils rassurants, constituaient-ils au contraire une menace ? Je n'aurais su le dire ; mais quoi qu'il en soit, ils représentaient la possibilité d'une régénération, d'un nouveau départ. Régénération par le feu, me dis-je : l'avion prenait de l'altitude ; puis il vira sur l'aile en direction de l'océan.

À Paris il faisait froid, les choses étaient très normalement désagréables. À quoi bon insister ? Chacun connaît la vie, et ses aboutissants. Il me fallait me réhabituer à l'hiver, qui n'en finissait pas ; et au XXᵉ siècle, qui ne paraissait pas non plus vouloir en finir. Au fond, je comprenais le choix de Rudi. Cela dit, il avait eu tort sur un point : on peut très bien vivre sans rien espérer de la vie ; c'est même le cas le plus fréquent. Dans l'ensemble les gens restent chez eux, ils se réjouissent que leur téléphone ne sonne jamais ; et quand le téléphone sonne ils laissent leur répondeur branché. Pas de nouvelles, bonnes nouvelles. Dans l'ensemble, les gens sont comme ça. Et moi aussi.

Même lorsqu'on n'a plus rien à espérer de la vie, il reste quelque chose à en craindre. Dans mon quartier, je constatai qu'il y avait de plus en plus de dealers. Je décidai de déménager une nouvelle fois pour me rapprocher de l'Assemblée nationale ; je racontais aux gens que c'était pour être plus près de mon travail, mais en réalité c'était surtout pour vivre dans un quartier hyperfliqué. Me faire poignarder par un connard en manque, je n'en voyais pas du tout l'intérêt.

Les mois passèrent. Je reçus plusieurs cartes de Pam et Barbara, auxquelles je répondis ; mais nous ne réussîmes pas à trouver le temps de nous revoir. Parfois, je découpais dans les journaux un article concernant l'église raëlienne. Assez rarement, en fait ; c'était plutôt une secte discrète. L'article le plus conséquent, paru dans *Le Nouvel Observateur* du 23 mars, comportait une photo d'une douzaine d'hommes vêtus d'une robe blanche avec une étole brodée. Au milieu d'eux se tenait Claude Vorilhon, alias Raël. Ils entouraient avec fierté une attendrissante petite maquette en polystyrène représentant la future « cité d'accueil des extraterrestres ». Rudi ne figurait pas sur la photo. Le projet avançait, rapportait l'article ; un accord avait été trouvé avec les autorités locales, et la construction pourrait avoir lieu à Lanzarote ; elle devait démarrer dans les prochains mois.

Le 18 juin 2000, une lecture-débat eut lieu à Montréal dans le but de promouvoir la cause du clonage humain. Réunis pour la première fois sur la même estrade, le prophète Raël et le généticien américain Richard Seed annoncèrent la création d'une structure commune, indépendante de toute appartenance religieuse – le docteur Seed se proclamait toujours, pour sa part, chrétien et méthodiste. Il apparut alors qu'un groupe d'investisseurs réunis au sein de la Valiant Venture Limited Corporation avait déjà rassemblé plusieurs millions de dollars pour la construction du futur laboratoire. L'écrivain Maurice G. Dantec, présent, relata chaleureusement l'événement dans un journal local ; il s'agissait de la première caution intellectuelle importante apportée à cette cause. Un débat animé prit aussitôt naissance dans les pages « Rebonds » de *Libération*, avant d'être interrompu par les vacances scolaires.

– 10 –

Le scandale éclata fin décembre, quelques jours avant Noël. Un nouveau réseau pédophile venait d'être découvert en Belgique ; cette fois, l'affaire mettait en cause les adeptes de l'église raélienne. Des pédophiles, une secte, l'approche de la période des fêtes : tout était réuni pour une couverture médiatique de grande ampleur. *France-Soir* innova en publiant en première page, sans photo, une longue litanie de prénoms, d'Aïcha (onze ans) à William (neuf ans). En surimpression jaune, barrant toute la page, s'étalait la formule : « DRESSÉS POUR LE SEXE ». *Détective*, soucieux de condenser en une phrase les éléments de l'affaire, titrait assez bizarrement : « ORGIES ENFANTINES CHEZ LES CHASSEURS D'EXTRATERRESTRES ». L'affaire était instruite au Palais de justice de Bruxelles : les radios et les télévisions, habituées aux lieux depuis l'affaire Dutroux, n'eurent aucun mal à envoyer sur place des équipes bien rodées.

Il apparut bientôt que l'ensemble des raéliens, mariés ou non, avaient des rapports sexuels très libres, et que des orgies réunissant jusqu'à une centaine de personnes étaient régulièrement organisées au siège de l'association, à Bruxelles. Les enfants des adeptes n'étaient pas tenus à l'écart de ces scènes ; ils étaient parfois simples spectateurs, parfois participants. Aucun témoignage de violence, ni de contrainte à l'égard des enfants, ne put être relevé ; mais on avait clairement affaire à un cas d'incitation de mineurs à la débauche. Les témoignages étaient éloquents. « Quand des amis de papa restaient dormir à la maison, je montais leur faire une pipe », rapportait Aurélie, douze ans. Nicole, quarante-sept ans, avouait clairement avoir eu pendant plusieurs années des rapports incestueux avec ses deux fils, aujourd'hui âgés de vingt et un et vingt-trois ans.

Ce qui frappait le plus les commentateurs, c'était l'attitude des prévenus. En principe le pédophile est un être honteux, prostré, parfaitement vaincu. Lui-même révulsé par ses propres actes, il est terrorisé par le caractère incontrôlable des pulsions qu'il découvre en lui. Soit il se réfugie dans une dénégation farouche, soit il se précipite vers le châtiment, se vautre dans la culpabilité et le remords, exige d'être soigné, consent avec reconnaissance à la castration chimique. On ne retrouvait rien de tel chez les raéliens : non seulement ils n'éprouvaient aucun remords, mais ils se considéraient en quelque sorte à la pointe de l'évolution des mœurs, et affirmaient que la société irait beaucoup mieux si tout le monde avait l'honnêteté de se comporter comme eux. « Nous avons donné du plaisir à nos enfants. Nous leur avons appris dès le plus jeune âge à éprouver du plaisir, et à donner du plaisir aux autres. Nous avons pleinement rempli notre rôle de parents », telle était à peu près leur position commune.

Rudi faisait partie des prévenus. Son cas n'était pas le plus grave, mais c'était celui qui avait déclenché l'affaire. Il était accusé d'attouchements sexuels sur une mineure, une petite Marocaine de onze ans prénommée Aïcha. « Il me déshabillait, m'embrassait partout et me faisait minette », rapporta Aïcha aux enquêteurs. C'était sa mère, une ancienne adepte de la secte, qui avait porté plainte. Décidément, me dis-je, Rudi n'a jamais eu de chance avec les Marocaines. La population musulmane était déchaînée contre lui, surtout en sa qualité d'ancien policier (il avait bien entendu été immédiatement révoqué de la police, dès que l'affaire avait éclaté) ; il avait fallu lui assurer une protection rapprochée. « Elle me disait que j'étais gentil, des fois c'est elle qui me demandait de lui faire minette... » avait-il déclaré aux enquêteurs, sans cesser de sangloter.

Le 30 décembre, Claude Vorilhon, qui n'était pas inculpé, se rendit à Bruxelles, où il tint une conférence de presse très attendue. Les journalistes présents n'eurent pas lieu de le regretter ; c'était plutôt explosif. Raël couvrait largement, et au-delà, les agissements de ses adeptes belges. La sexualité sous toutes ses formes était permise et encouragée entre les croyants, quelles que soient les considérations d'âge, de sexe ou de rapports familiaux ; tout cela était agréable et excellent aux yeux des Elohim. « Il ne se rend pas compte qu'il va au-devant de l'interdiction totale... » murmura le correspondant du *Figaro*. Le prophète avait l'air en pleine forme ; la lumière des projecteurs éclairait sa barbe un peu grisonnante. Conscient de l'ébahissement général il en profita pour élever le débat, dénonçant les imposteurs qu'avaient été Jésus-Christ et Mahomet ; il se réclamait par contre de Moïse.

« Ce que vous proposez à vos adeptes est pourtant assez loin du Décalogue... » remarqua le rédacteur en chef du *Soir*, l'interrompant pour la première fois.

Raël sauta sur l'occasion pour développer son point de vue. En réalité, expliqua-t-il, Moïse avait bien reçu la visite des extraterrestres, les Elohim, mais il avait compris le message de travers ; d'où cette absurdité qu'était le Décalogue. Il s'était ensuivi une certaine perte de temps. Heureusement, lui, son premier successeur authentique, venait maintenant rétablir l'intégralité du message divin.

« C'est pas possible, il joue la provocation pour se faire un coup de pub... » marmonna le correspondant de *Paris-Match*.

Effectivement, dans les heures qui suivirent la diffusion de l'entretien, les connexions et les demandes d'information affluèrent sur le site Internet de la secte. Vorilhon jouait gagnant à tous les coups – d'autant qu'il était, sur le plan personnel, irréprochable ; il avait même, pour un gourou, une vie de famille particulièrement rangée et paisible. Le ministère public, à toutes les questions qui lui furent posées dans les jours suivants sur l'interdiction du mouvement raélien, ne put qu'opposer son incompétence. Il s'agissait de poursuites pénales sur des personnes privées, qui devaient répondre individuellement de leurs actes ; leur appartenance à telle ou telle confession religieuse pouvait être un élément d'information mais ne pouvait, en aucun cas, constituer le fond du dossier.

L'instruction reprit. Elle se déroula très vite, puisque personne ne contestait les faits incriminés, et le procès commença dans la foulée. Rudi s'assit au banc des accusés, dans le Palais de justice de Bruxelles, en compagnie d'une quinzaine d'autres adeptes. Tous encouraient des peines d'emprisonnement de plusieurs années, mais ça n'avait pas l'air de les affecter outre mesure. Rudi lui-même avait l'air serein, et presque heureux. Je remarquai sur les photos qu'il portait maintenant de grosses lunettes carrées à monture noire ; ce n'était pas très judicieux. Avec son ventre, sa moustache et ses grosses lunettes, c'était lui qui évoquait le plus nettement l'image classique du pervers pédophile. L'opinion publique était très remontée contre les accusés, des manifestations avaient lieu presque chaque jour devant le Palais de justice. Des voix s'élevèrent, comme à chaque fois, pour demander le rétablissement de la peine de mort. Un journaliste retrouva le père d'Aïcha, séparé de sa femme depuis plusieurs années. Il déclara qu'il souhaitait voir « couper les couilles » de celui qui avait profané l'honneur de sa fille, et qu'il était tout à fait prêt à s'en charger lui-même.

Claude Vorilhon n'était entendu au procès que comme témoin. On peut même se demander pourquoi, il ne connaissait personnellement aucun des accusés. Il avait préparé un discours de trois heures, qui fut interrompu par le président au bout de dix minutes. Il eut quand même le temps d'annoncer que l'église raélienne se proposait d'apporter les fondements d'un nouvel érotisme sacré, disparu de l'Occident depuis plusieurs millénaires. Il annonçait également la création, dans les communautés raéliennes, d'écoles de masturbation mutuelle destinées aux nouveaux adeptes et aux enfants jeunes. La masturbation, selon lui, devait être considérée comme la première pierre d'un nouveau « catéchisme sensuel ». À la fin de sa déposition, il se dirigea vers le banc des accusés pour leur serrer la main ; mais il en fut empêché par les gendarmes.

Sans doute à cause de son physique de pédophile type, Rudi était souvent interrogé par les journalistes aux sorties d'audience. Il semblait s'y être habitué ; il répondait poliment, avec bienveillance. Était-il conscient des peines qu'il encourait ? Oui, tout à fait ; mais il ne regrettait rien. Il avait confiance dans la justice de son pays. Il n'éprouvait aucun remords. « Je n'ai jamais fait que du bien autour de moi... » disait-il.

Le procès traînait en longueur, surtout en raison du grand nombre de plaignants et de parties civiles. Cette année-là, je m'inscrivis pour un circuit Nouvelles Frontières en Indonésie. Je quittai Paris pour Denpasar le 27 janvier. Je n'étais pas là au moment du verdict.

Compte rendu
de mission :

viser en
plein centre

De retour de Birmanie, j'apprends que j'ai commis une erreur. Je n'aurais pas dû partir en voyage dans un pays où les dissidents sont pourchassés, la liberté d'expression bafouée, etc. Le fait que je n'étais pas au courant aggrave plutôt mon cas ; être informé était vaguement un droit, il semblerait que ce soit devenu un *devoir*. Pire encore : malgré trois semaines de séjour et des discussions incessantes avec les Birmans (jamais, soit dit en passant, je n'avais rencontré un peuple aussi bavard), je ne m'étais pas rendu compte qu'ils vivaient sous le joug d'une dictature militaire.

C'est donc cette fois avec une légère suspicion que je considère la lettre où l'ambassade de France m'invite à prononcer une série de conférences aux États-Unis. Anti-libéral confirmé, va-t-on m'accuser de renier mes convictions ? Une rapide réflexion me convainc du contraire. Un séjour touristique au royaume de la libre entreprise serait bien sûr malvenu de ma part ; mais le fait qu'on prenne en charge mon voyage et mes frais de séjour, qu'on me verse même quelques honoraires, change tout : à l'évidence, ces gens souhaitent me payer pour que je crache comme à l'ordinaire sur l'argent, la liberté individuelle, les droits de l'homme, la démocratie représentative et les espaces interdits aux fumeurs ; ils souhaitent en somme que je *prenne part au débat*. De plus, l'extrême médiocrité de mon anglais devrait constituer un encouragement indirect à la francophonie. C'est donc en fait un refus qui serait de ma part une lâcheté, voire un acte contraire à mes convictions. Pour m'ôter mes derniers scrupules, je décide de partir le mois suivant en vacances à Cuba ; ainsi, les dollars versés par les universités américaines serviront, presque immédiatement, à alimenter les caisses de Fidel Castro.

Le problème étant réglé sur le plan moral, je passe au plan administratif ; d'emblée, les choses s'avèrent moins simples. Pour que je puisse toucher des honoraires aux États-Unis, les universités invitantes doivent m'adresser un formulaire IAP66, prélude à l'obtention du visa J1. Les postes américaines étant dans un état de décomposition avancée, la Rice University de Houston croit plus sûr de faire appel à un transporteur privé, Jet Express Worldwide ; lourde erreur. Contrairement aux facteurs qui passent leur année à sillonner le quartier lentement et en détail, les coursiers privés foncent en scooter, dans une ambiance très « flux tendu » ; aucun jusqu'à présent n'a réussi à localiser mon immeuble. Après plusieurs échanges de coups de téléphone, les choses s'arrangent en général au bout de la troisième tentative. Quand le courrier doit être remis en mains propres, ça se complique. Le système du pli recommandé s'appuie sur une infrastructure très dense de « bureaux de poste », bénéficiant de larges horaires d'ouverture (généralement, de huit à dix-neuf heures en semaine) ; malgré ses ambitions mondiales affichées, Jet Express Worldwide ne peut visiblement se prévaloir d'un réseau comparable.

Le formulaire IAP66, cependant, finit par me parvenir. L'obtention du visa de travail J1 constitue en réalité le premier vrai contact avec le rêve américain. Le service compétent de l'ambassade ne dispose d'aucun téléphone, à l'exception d'un serveur Audiotel (8,93 F/appel + 2,23 F/minute), qui donne des informations intéressantes sur la démocratie, mais omet certains détails comme les heures d'ouverture (huit heures trente à onze heures). Après un premier déplacement infructueux et une heure d'attente à l'extérieur sous une pluie glaciale, je suis enfin admis à remplir un questionnaire bizarre. Je n'ai pris part à aucun génocide, ni crime contre l'humanité ; je ne fais partie d'aucune organisation terroriste, ni n'envisage d'assassiner le président des États-Unis ; jusque-là, donc, tout va bien.

À un œil européen, les fonctionnaires du service des visas de l'ambassade des États-Unis peuvent apparaître inutilement violents, agressifs et vulgaires ; leur attitude doit en fait être considérée comme l'occasion du premier apprentissage de comportements qui s'avéreront sur place d'une utilité constante – et pourront même vous sauver la vie, dans le cas d'une arrestation par des policiers texans. Éviter de regarder les gens dans les yeux ; pas de sourires ironiques ; surtout pas de gestes brusques.

Ne jamais oublier que tout rapport humain aux États-Unis se manifeste en premier lieu comme un *rapport de force* ; si l'Américain avec lequel vous entrez en contact commence en général par vous agresser, c'est qu'il souhaite savoir « ce que vous avez dans le froc ». Ne pas hésiter, donc, à faire le cas échéant état de sa supériorité sociale (ainsi, l'employé du consulat de France à Houston n'hésitera pas à me qualifier de *professor Houellebecq*, dans le but d'obtenir de la réceptionniste du Holiday Inn la mise à disposition de la chambre réservée depuis deux semaines).

En arrivant à Roissy, j'apprends qu'Air France pratique – tout à fait illégalement – le *surbooking*. Dans le cas où tous les passagers se présentent, ils essaient de vous recaser sur n'importe quel vol en vous offrant mille francs pour étouffer l'affaire ; la concurrence est rude sur l'Atlantique Nord.

L'avion de la Continental Airlines est bondé, les hôtesses de l'air étrangement âgées. Je donne tous mes gâteaux à ma voisine de gauche, une Togolaise qui part avec Nouvelles Frontières. À l'arrivée à Newark, le ciel est nuageux et perturbé ; elle se met à vomir. Il est quinze heures trente ; je devais atterrir deux heures plus tôt dans un autre aéroport beaucoup plus proche du centre. L'employée d'Air France, contrairement à sa promesse formelle, n'a pas téléphoné à l'ambassade ; personne ne m'attend à l'arrivée. Cela fait maintenant quatorze heures que je n'ai pas traversé de zone fumeurs ; un peu de bave se forme à la commissure de mes lèvres. Dans l'aéroport de Newark désert, je suis envahi par un rire silencieux.

L'ordre de mission qui m'a été remis par le ministère des Affaires étrangères est limité et clair ; en voici le texte exhaustif : « M. Houellebecq Michel, écrivain, hors fonction publique (groupe I ; indice) est autorisé à se rendre à New York, Hartford, Philadelphie et Houston au départ de Paris, retour à Paris (résidence administrative : Paris ; résidence familiale : Paris). »

Sur la Californie, donc, j'ai dû me contenter de recueillir des témoignages ; il semble que la description que donne Bret Easton Ellis d'une adolescence californienne dans *Moins que zéro* soit assez exacte : sexe, bronzage, musculation, vidéo, cocaïne, ennui ; pas de politique, pas de cigarettes, pas de livres. Dans son deuxième roman, *Les Lois de l'attraction*, Ellis décrit un campus de la côte Est comme un immense baisodrome rempli de jeunes cons friqués, d'un niveau intellectuel et moral effroyablement bas. Les discrets sondages que j'ai pu effectuer à l'université de Pennsylvanie (ancienne, chère, prestigieuse, appartenant à l'Ivy League) n'ont pas, là non plus, réellement invalidé ce portrait ; mais il n'y a en définitive qu'à New York que j'aie eu le temps d'enquêter par moi-même. J'ai retrouvé sans difficulté toutes ces marques constamment citées dans *American Psycho*, mais mal connues dans nos pays : Ermenegildo Zegna, Oliver Peoples, Hugo Boss... même Armani et Calvin Klein sont finalement moins présentes en Europe. Par contre, inutile d'aller aux États-Unis pour ramener des Nike : les marques sportives sont les seules à avoir réellement développé une stratégie mondiale.

À Manhattan mieux qu'ailleurs, on peut *jouer au yuppie* : louer une limousine pour la soirée ; essayer de réserver dans un restaurant à la mode ; se faire traiter comme une sous-merde par une salope à gros seins qui a visiblement trouvé son job de serveuse *dans l'unique but* de se faire repérer par un producteur ; éprouver un réel soulagement à l'idée qu'on pourrait la *torturer* pendant des heures ; sentir finalement tout ce qui vous sépare d'une *vraie* star (la rencontre avec Tom Cruise dans l'ascenseur, ou l'humiliation du narrateur par son jeune frère « rock and roll » au Dorcia, restent parmi mes passages préférés du livre).

Ce voyage aux États-Unis avait pour objectif de donner des lectures, éventuellement des conférences, dans différentes universités américaines. Donc parler de moi, éventuellement de la situation en France ; en aucun cas formuler des observations ethnographiques inédites sur la réalité américaine. C'est assez heureux, car je n'aurais rien trouvé à dire qui ne se trouve déjà chez Bret Easton Ellis. Entre l'adolescent californien « dont le père travaille dans le cinéma » et le yuppie new-yorkais, il y avait un trou de quelques années : *Les Lois de l'attraction*, le moins lu des trois, viennent combler ce manque ; décidément, tout cela est incroyablement pertinent. Il est vrai (on a pu le lui reprocher) qu'Ellis se limite à décrire des personnages jeunes et extrêmement riches ; mais *tous* les Américains essaient de rester jeunes, *tous* les Américains rêvent de devenir extrêmement riches. Une sorte de tribalisme ambiant – compensation probable à l'extrême solitude individuelle – ne doit pas dissimuler l'écrasante uniformité des valeurs ; aux États-Unis plus qu'ailleurs, il paraît opportun de ne s'intéresser qu'aux *gagneurs*.

À titre personnel, je préfère les personnages « entre deux âges » ; je ne me suis jamais intéressé – et ne m'intéresse toujours pas – aux riches, ni aux pauvres, ni aux hommes politiques, ni aux délinquants, ni aux artistes (mis à part le cas particulier de l'*artiste raté*, qui me paraît emblématique : on est tous un peu ratés, on est tous un peu artistes). En matière de description sociale, je suis définitivement *classes moyennes* ; mais ce concept social-démocrate n'a peut-être aucun sens en zone parfaitement libérale. Au milieu de l'aéroport de Houston, juste avant de m'envoler vers l'Europe, je prends clairement conscience qu'au-delà des différences dans la mise en œuvre de nos deux stratégies, on peut probablement y déceler un même objectif : viser en plein centre.

Sortir
du XXᵉ siècle

La littérature ne sert à rien. Si elle servait à quelque chose, la racaille gauchiste qui a monopolisé le débat intellectuel tout au long du xxᵉ siècle n'aurait même pas pu exister. Ce siècle, bienheureusement, vient de s'achever ; c'est le moment de revenir une dernière fois (on peut du moins l'espérer) sur les méfaits des « intellectuels de gauche », et le mieux est sans doute d'évoquer *Les Possédés*, publié en 1872, où leur idéologie est déjà intégralement exposée, où ses méfaits et ses crimes sont déjà clairement annoncés à travers la scène du meurtre de Chatov. Or, en quoi les intuitions de Dostoïevski ont-elles influencé le mouvement historique ? Absolument en rien. Marxistes, existentialistes, anarchistes et gauchistes de toutes espèces ont pu prospérer et infecter le monde connu exactement comme si Dostoïevski n'avait jamais écrit une ligne. Ont-ils au moins apporté une idée, une pensée neuve par rapport à leurs prédécesseurs du roman ? Pas la moindre. Siècle nul, qui n'a rien inventé. Avec cela, pompeux à l'extrême. Aimant à poser avec gravité les questions les plus sottes, du genre : « Peut-on écrire de la poésie après Auschwitz ? » ; continuant jusqu'à son dernier souffle à se projeter dans des « horizons indépassables » (après le marxisme, le marché), alors que Comte, bien avant Popper, soulignait déjà non seulement la stupidité des histori-cismes, mais leur immoralité foncière.

Compte tenu de l'extraordinaire, de la honteuse médiocrité des « sciences humaines » au xxᵉ siècle, compte tenu aussi des progrès accomplis pendant la même période par les sciences exactes et la technologie, on peut s'attendre à ce que la littérature la plus brillante, la plus inventive de la période soit la littérature de science-fiction ; c'est en effet ce qu'on observe, à un correctif près, qu'il convient d'expliquer. Rappelons d'abord qu'on peut évidemment écrire de la poésie après Auschwitz, aussi bien qu'avant, et dans les mêmes conditions ; posons-nous maintenant une question plus sérieuse : peut-on écrire de la science-fiction après Hiroshima ? En examinant les dates de publication, il semble bien que la réponse soit : oui, mais pas la même ; et des textes, il faut bien le dire, franchement meilleurs. Un optimisme de fond, probablement incompatible avec la littérature romanesque, s'est évaporé là, en l'espace de quelques semaines. Hiroshima était sans doute la condition nécessaire pour que la littérature de science-fiction puisse vraiment accéder au statut de littérature.

C'est le devoir des auteurs de « littérature générale » que de signaler aux populations leurs confrères talentueux et malhabiles qui ont commis l'imprudence d'œuvrer dans la « littérature de genre », et se sont par là même condamnés à une obscurité critique radicale. Il y a une dizaine d'années, je m'étais consacré à Lovecraft ; plus récemment, Emmanuel Carrère s'est chargé de Philip K. Dick. Le problème est qu'il y en a d'autres, beaucoup d'autres, même si on se limite aux classiques (ceux qui ont commencé à publier aux alentours de la Seconde Guerre mondiale, et dont l'œuvre est pour l'essentiel achevée). Ne serait-ce que pour *Demain les chiens*, Clifford Simak mérite de rester dans l'histoire littéraire. Rappelons que ce livre se compose d'une succession de brefs contes mettant en scène, outre des chiens et d'autres animaux, des robots, des mutants et des hommes. Chaque conte est précédé d'une notice contradictoire, où sont cités les points de vue de philologues et historiens appartenant à différentes universités canines, leurs débats tournant le plus souvent autour de cette question : l'homme a-t-il existé, ou n'est-il, comme le pensent la plupart des spécialistes, qu'une divinité mythique inventée par les chiens primitifs pour expliquer le mystère de leurs origines ? Cette méditation sur l'importance historique de l'espèce humaine n'épuise d'ailleurs pas les richesses intellectuelles du livre de Simak (*City* dans l'édition américaine), qui se présente aussi comme une réflexion sur la ville, son rôle dans l'évolution des rapports sociaux, la question de savoir si ce rôle est ou non terminé. Pour la plupart des chiens, la ville, pas plus que l'homme, n'a réellement existé ; un des experts canins a même démontré le théorème suivant : une créature au système nerveux suffisamment complexe pour bâtir une entité telle que la ville aurait été incapable d'y survivre.

Dans sa grande période, la littérature de science-fiction pouvait faire ce genre de choses : réaliser une authentique *mise en perspective* de l'humanité, de ses coutumes, de ses connaissances, de ses valeurs, de son existence même ; elle était, au sens le plus authentique du terme, une *littérature philosophique*. Elle était aussi, profondément, une *littérature poétique* ; dans sa description des paysages et de la vie rurale américaines, Simak, quoique dans une intention très différente, s'égale presque à Buchan utilisant les landes écossaises pour donner une ampleur cosmique aux affrontements qu'il met en scène entre la civilisation et la barbarie, le Bien et le Mal. Sur le plan du style, par contre, il est vrai que la littérature de science-fiction a rarement atteint le niveau de sophistication et d'élégance de la littérature fantastique – en particulier anglaise – du début du siècle. Arrivée à maturité dès la fin des années 1950, elle ne donne que depuis peu de réels signes d'épuisement – un peu comme la littérature fantastique pouvait le faire, immédiatement avant l'apparition de Lovecraft. C'est sans doute pour cette raison qu'aucun écrivain, jusqu'à présent, n'a réellement éprouvé le besoin de repousser les limites – de toute façon assez flexibles – du genre. La seule exception serait peut-être cet auteur étrange, très étrange, qu'est R.A. Lafferty. Plus que de la science-fiction, Lafferty donne parfois l'impression de créer une sorte de *philosophie-fiction*, unique en ce que la spéculation ontologique y tient une place plus importante que les interrogations sociologiques, psychologiques ou morales. Dans *Le Monde comme volonté et papier peint* (le titre anglais, *The World as Will and Wallpaper*, donne de plus un effet d'allitération), le narrateur, voulant explorer l'univers jusqu'à ses limites, perçoit au bout d'un temps des répétitions, se retrouve dans des situations similaires, et finit par prendre conscience que le monde est composé d'entités de petite taille, nées chacune d'un acte de volonté identique, et indéfiniment répétées. Le monde est ainsi à la fois illimité et sans espoir ; je connais peu de textes aussi poignants. Dans *Autobiographie d'une machine ktistèque*, Lafferty va encore plus loin dans la modification des catégories de la représentation ordinaire ; mais le texte en devient malheureusement presque illisible.

Il faudrait encore citer Ballard, Disch, Kornbluth, Spinrad, Sturgeon, Vonnegut et tant d'autres qui parfois en un seul roman, voire en une nouvelle, ont plus apporté à la littérature que l'ensemble des auteurs du *nouveau roman*, et que l'écrasante majorité des auteurs de *polars*. Sur le plan scientifique et technique, le xxe siècle peut être placé au même niveau que le xixe. Sur le plan de la littérature et de la pensée, par contre, l'effondrement est presque incroyable, surtout depuis 1945, et le bilan consternant : quand on se remémore l'ignorance scientifique crasse d'un Sartre et d'une Beauvoir, pourtant supposés s'inscrire dans le champ de la philosophie, quand on considère le fait presque incroyable que Malraux a pu – ne fût-ce que très brièvement – être considéré comme un *grand écrivain*, on mesure le degré d'abrutissement auquel nous aura mené la notion d'*engagement politique*, et on s'étonne de ce que l'on puisse, encore aujourd'hui, prendre un *intellectuel* au sérieux ; on s'étonne par exemple de ce qu'un Bourdieu ou un Baudrillard aient trouvé jusqu'au bout des journaux disposés à publier leurs niaiseries. De fait, je crois à peine exagéré d'affirmer que, sur le plan intellectuel, il ne resterait rien de la seconde moitié du siècle s'il n'y avait pas eu la littérature de science-fiction. C'est une chose dont il faudra bien tenir compte le jour où l'on voudra écrire l'histoire littéraire de ce siècle, où l'on consentira à porter sur lui un regard rétrospectif, à admettre que nous en sommes enfin sortis. J'écris ces lignes en décembre 2001 ; je crois que le moment est bientôt venu.

Cléopâtre 2000

Station naturiste et libertine de renommée européenne, Le Cap-d'Agde dispose naturellement de plusieurs boîtes de nuit destinées à accueillir les plaisirs des couples « non conformistes ». Dans l'enceinte du camp proprement dit on peut citer le *Pharaon*, l'*Absolu*, le *Cléopâtre*, le *Glamour*. Dans un rayon de quelques kilomètres on trouvera l'*Extasia*, le *Paradisio*, le *Château*, le *Feeling*.

Définir les conditions d'étude. Entre les résidences d'Héliopolis et de Port-Vénus, le complexe de Port-Nature occupe une place centrale. À l'intersection des deux branches du L formé par les immeubles on trouve, d'un côté, le *Deutsches Eck* (restaurant, brasserie) et de l'autre le *Cléopâtre*. Discothèque échangiste la plus ancienne du Cap, elle est également une des plus respectées (elle n'a jamais par exemple, abusée par l'espérance d'un profit fugitif, envisagé de s'ouvrir aux hommes seuls). En s'y rendant, l'on est certain d'échapper aux effets de mode liés à une ouverture récente ; on a affaire, année après année, à un baromètre fidèle de l'ambiance du milieu échangiste.

Chaque été, la station naturiste du Cap-d'Agde accueille 300 000 visiteurs, dont les deux tiers, selon l'enquête du magazine *Connexions*, peuvent être rangés sous la bannière des « couples modernes ». Le maximum de fréquentation se situe, classiquement, pendant la première quinzaine d'août. Même si, comme le lance Nils, « on ne se refuse rien, c'est la fête tous les soirs » (le couple de Düsseldorf interrogé par le magazine dépense en moyenne trente-cinq mille francs chaque été pour deux semaines de séjour), le samedi soir, comme dans toutes les villes de France, bénéficie d'une affluence particulièrement élevée.

Le protocole s'établit donc comme suit : premier samedi d'août, au *Cléopâtre*, à minuit (l'établissement ouvrant ses portes à vingt-trois heures). Je serai accompagné de Marie-Pierre, ma femme (toujours la même). Les variations observables pourront donc être imputées à l'évolution historique, à mon état d'esprit, ou aux deux (sans pouvoir totalement exclure l'intervention d'un facteur chance, même si j'ai tenté de le minimiser par une définition rigoureuse des protocoles).

Samedi 2 août 1997. À peu près une cinquantaine de couples dans la salle 1 (la salle 2, aménagée à l'identique, est quasi déserte). Tenues très osées sur la piste de danse ; quelques attouchements (les couples dansent côte à côte ; parfois, un homme prend l'initiative de caresser les fesses de sa voisine ; celle-ci répond, ou non, en caressant ses fesses et son sexe). Les actes sexuels proprement dits (fellations, masturbations, coïts) ont lieu sur les banquettes entourant la piste de danse. Ils sont relativement nombreux ; il y a, effectivement, *échange*. Les hiérarchies de base, cela dit, sont respectées : les jeunes et beaux partouzent (beaucoup) avec d'autres jeunes et beaux ; les vieux et moches partouzent (nettement moins) avec d'autres vieux et moches. Ma femme et moi faisons partie de la catégorie des *moyens* ; nous partouzons donc, *moyennement*, avec d'autres *moyens*. C'est quand même une bonne soirée. Je garde notamment l'excellent souvenir d'une Languedocienne de trente-cinq ans ; après quelques paroles amicales, elle se retourne et relève sa jupe ; elle ne porte rien en dessous. Je l'enfile aussitôt ; sa chatte est douce, très mouillée. Elle sourit en s'écartant pour bien jouir, ses longs cheveux frisés dansent le long de son visage ; Marie-Pierre s'agenouille pour sucer son mari. Tous deux viennent de Béziers pour la soirée ; nous échangeons nos adresses.

Samedi 1er août 1998. Dans la salle 1, l'ambiance semble inchangée. La salle 2 a été équipée de plusieurs moniteurs vidéo diffusant des films pornographiques. Les gens sont là, assis sur les banquettes, abasourdis devant les moniteurs (gros seins, grosses bites, nanas et mecs splendides) ; la passivité est totale. Marie-Pierre me branle, je lèche sa chatte ; le couple à côté de nous reste inerte, les yeux rivés sur l'écran. Pourtant, nous appartenons à la même tranche d'âge ; mais nous n'avons pas le courage d'esquisser un geste. Nous nous rhabillons lentement, résignés. Nous repassons dans la salle 1. Quelque chose, depuis l'année dernière, semble s'être durci. Un couple de jeunes fait l'amour sur la piste ; l'homme a de longs cheveux bouclés et blonds, son ventre est plat et musclé. La femme est brune, sa peau est mate. Il la prend par-derrière, ses fesses parfaitement rondes sont soulevées très haut, la cambrure de ses reins est magnifique. Un quinquagénaire s'approche, essaie de la toucher ; elle le repousse d'un geste brusque. Les autres couples, maintenant, restent à distance ; ils font cercle, à trois mètres des jeunes gens. L'homme se retire un instant, son sexe est brièvement baigné par un éclat de lumière violette ; puis il recommence à pénétrer la femme, sur un rythme plus rapide ; la lumière stroboscopique joue sur ses abdominaux en plein effort. Je vais m'asseoir sur une banquette. Près de nous, un couple de sexagénaires allemands ; l'homme est débraguetté et mou. La femme porte une guêpière en latex, mais sa viande dépasse d'un peu partout ; son regard est désemparé : ils sont vraisemblablement proches de la retraite. Elle pose une main sur le sexe de son mari, sans parvenir à le ranimer ; puis ils terminent leur bière. Nous repartons assez vite.

Samedi 7 août 1999. Toujours à peu près le même nombre de couples. Dans la salle 2 les moniteurs vidéo ont disparu, mais on a installé un grand lit. Un couple de Hollandais nous invite à les rejoindre ; la surface du matelas est élastique et rouge. Pendant les semaines qui précèdent, je me suis entraîné à contrôler mes muscles pubbo-coccygiens ; aussi je parviens à pénétrer successivement Marie-Pierre et Anna, à les amener à la jouissance, sans moi-même éjaculer ; j'en éprouve une joie très vive. Après son orgasme, Anna me suce avec douceur ; Marie-Pierre et Peter échangent des adresses de restaurants. Je prends une douche rapide. En sortant de la douche j'aperçois une petite cabine, hermétiquement close, dont les parois sont percées de trous ronds, à quatre-vingts centimètres du sol. Je comprends aussitôt, je me colle contre une des parois, je ferme les yeux et j'introduis mon sexe dans le trou. Pendant quelques secondes il ne se passe rien, je me sens bander dans l'atmosphère. Puis une main se pose, des lèvres d'une douceur infinie se referment sur mon gland. La sensation de plaisir est d'une violence inouïe, je suis à deux doigts de hurler, et de jouir. Sentant le danger, la main et la bouche se retirent. Je ne peux pas m'en empêcher, je me baisse rapidement pour regarder à l'intérieur de la cabine : une blonde d'une vingtaine d'années, au visage angélique, en bikini de cuir noir, s'est déjà penchée vers une autre bite. Je regrette mon attitude, je me relève ; j'ai décidé de jouer le jeu jusqu'au bout. Pendant deux heures, je resterai collé à la paroi, dans un état d'attente heureuse. De temps à autre, des mains et des bouches viendront s'occuper de mon sexe. Elles seront plus ou moins douces, leurs caresses plus ou moins habiles ; mais je ne saurai jamais à qui elles appartiennent, si leur propriétaire est jeune et jolie, laide ou obèse ; je me dirai même (mais l'idée ne me viendra que le lendemain, tard dans l'après-midi) que certaines appartenaient peut-être à des hommes. Marie-Pierre et moi repartons parmi les derniers, vers cinq heures du matin ; nous marchons lentement, la nuit est douce, je la tiens par la taille ; nos cerveaux s'occupent déjà à élaborer de merveilleux souvenirs.

Je me rendrai au *Cléopâtre* l'an prochain, vers minuit, un samedi équivalent ; nous serons le 5 août 2000. Je ne sais pas encore comment les choses vont évoluer, c'est difficile à dire. Il y aura peut-être des *glory holes*, des chambres obscures où les gens feront l'amour sans s'être choisis, abandonnés au flux de leurs perceptions tactiles. Il y aura peut-être au contraire des vidéos grand écran, des miroirs, des salles où les couples danseront et feront l'amour côte à côte, concentrés, narcissiques, définitivement inaccessibles. Au fond, je ne suis pas très optimiste : l'échangisme me paraît avoir très peu de chances de survie aujourd'hui, l'époque ne s'y prête pas. Au moins le *Cléopâtre* reste-t-il jusqu'à présent ouvert à tous les couples, sans distinction d'âge ; de plus en plus de boîtes, sur la Côte d'Azur, ferment leurs portes aux plus de cinquante ans. Je montrerai ma carte d'identité s'il le faut, je jouerai le jeu, je me plierai à la règle. Cinquante ans, oui ; il me reste à peu près dix ans pour en profiter. C'est beaucoup, et c'est peu ; je n'ai pas le choix.

P.-S. : Je ne suis pas retourné au Cléopâtre *en 2000, mais seulement au début d'août 2001 ; l'endroit avait été transformé en boîte à pédés.*

Consolation
technique

Je ne m'aime pas. Je n'éprouve que peu de sympathie, encore moins d'estime pour moi-même ; de plus, je ne m'intéresse pas beaucoup. Je connais mes caractéristiques principales depuis longtemps, et j'ai fini par m'en dégoûter. Adolescent, encore jeune homme je parlais de moi, je pensais à moi, j'étais comme empli de ma propre personne ; ce n'est plus le cas. Je me suis absenté de mes pensées, et la seule perspective d'avoir à raconter une anecdote personnelle me plonge dans un ennui voisin de la catalepsie. Lorsque j'y suis absolument obligé, je mens.

Paradoxalement, pourtant, je n'ai jamais regretté de m'être reproduit. On peut même dire que j'aime mon fils, et que je l'aime davantage à chaque fois que je reconnais en lui la trace de mes propres défauts. Je les vois se manifester dans le temps, avec un déterminisme implacable, et je m'en réjouis. Je me réjouis sans pudeur de voir se répéter, et par là même s'éterniser, des caractéristiques personnelles qui n'ont rien de spécialement estimable ; qui sont même, assez souvent, méprisables ; qui n'ont, en réalité, d'autre mérite que d'être les miennes. D'ailleurs, ce ne sont même pas exactement les miennes ; je me rends bien compte que certaines sont recopiées telles quelles sur la personnalité de mon père, ce con ignoble ; mais, chose étrange, cela n'enlève rien à ma joie. Cette joie est plus que de l'égoïsme ; elle est plus profonde, plus indiscutable. De la même manière, un volume est plus que sa projection sur une surface plane ; un corps vivant est plus que son ombre.

Ce qui m'attriste à l'opposé chez mon fils, c'est de le voir manifester (influence de sa mère ? différence des temps ? individualité pure ?) les traits d'une personnalité autonome, en laquelle je ne me reconnais nullement, qui me reste étrangère. Loin de m'en émerveiller, je me rends compte que je n'aurai laissé qu'une image incomplète et affaiblie de moi-même ; l'espace de quelques secondes, je sens plus nettement l'odeur de la mort. Et, je peux le confirmer : la mort pue.

La philosophie occidentale ne favorise guère l'expression de tels sentiments ; ces sentiments ne laissent aucune place au progrès, à la liberté, à l'individualité, au devenir ; ils ne visent à rien d'autre qu'à l'éternelle, à l'imbécile répétition du même. Qui plus est, ils n'ont rien d'original ; ils sont partagés par la quasi-totalité de l'humanité, et même par la majeure partie du règne animal ; ils ne sont rien d'autre que la mémoire toujours active d'un instinct biologique écrasant. La philosophie occidentale est un long, patient et cruel dispositif de dressage qui a pour objectif de nous persuader de quelques idées fausses. La première, que nous devons respecter autrui parce qu'il est différent de nous ; la seconde, que nous avons quelque chose à gagner à la mort.

Aujourd'hui, par l'effet de la technologie occidentale, ce vernis de convenances est en train de craquer avec rapidité. Bien entendu, je me ferai cloner dès que possible ; bien entendu, tout le monde se fera cloner dès que possible. J'irai aux Bahamas, en Nouvelle-Zélande ou aux îles Caïmans ; je paierai le prix qu'il faudra (ni les impératifs de la morale, ni les impératifs financiers n'ont jamais pesé bien lourd par rapport à ceux de la reproduction). J'aurai probablement deux ou trois clones, comme on a deux ou trois enfants ; entre leurs naissances, je respecterai un intervalle adéquat (ni trop rapprochées, ni trop espacées) ; homme déjà mûr, je me comporterai en père responsable. J'assurerai à mes clones une bonne éducation ; par la suite, je mourrai. Je mourrai sans plaisir, car je ne souhaite pas mourir ; j'y suis cependant, jusqu'à preuve du contraire, obligé. À travers mes clones, j'aurai atteint une certaine forme de survie – pas tout à fait suffisante, mais supérieure à celle que m'auraient apportée des enfants. C'est le maximum, jusqu'à présent, que puisse m'offrir la technologie occidentale.

Au moment où j'écris ces lignes, il m'est impossible de prévoir si mes clones naîtront en dehors du ventre de la femme. Ce qui paraissait au profane techniquement simple (les échanges nutritifs par l'intermédiaire du placenta recèlent à priori un moins grand mystère que l'acte de la fécondation) s'avère le plus difficile à reproduire. Dans le cas où la technique aurait suffisamment progressé, mes futurs enfants, mes clones vivront le début de leur existence dans un bocal ; cela m'attriste un peu. J'aime la chatte des femmes, je suis heureux d'être dans leur ventre, dans la souplesse élastique de leur vagin. Je comprends les raisons de sécurité, les impératifs techniques ; je comprends les raisons qui conduiront progressivement à une gestation *in vitro* ; je me permets juste, à ce sujet, une légère manifestation de nostalgie. Auront-ils, mes petits chéris nés si loin d'elle, auront-ils encore le *goût de la chatte* ? Je l'espère pour eux, je l'espère de tout mon cœur. Il y a beaucoup de joies dans ce monde, mais il y a peu de plaisirs – et si peu qui ne fassent aucun mal. Fin de la parenthèse humaniste.

S'ils doivent se développer dans un bocal, mes clones naîtront, c'est une évidence, sans nombril. Je ne sais pas qui a utilisé pour la première fois dans un sens dépréciatif ce terme de *littérature nombriliste* ; mais je sais que ce cliché facile m'a toujours déplu. Quel serait l'intérêt d'une littérature qui prétendrait parler de l'humanité en excluant toute considération personnelle ? Hein ? Les êtres humains sont bien plus identiques qu'ils ne l'imaginent dans leur prétention comique ; il est bien plus facile qu'on ne l'imagine d'atteindre l'universel en parlant de soi. C'est là un second paradoxe : parler de soi est une activité fastidieuse, et même répugnante ; écrire sur soi est, en littérature, la seule chose qui vaille, à tel point qu'on mesure – classiquement et avec justesse – la valeur des livres à la capacité d'implication personnelle de leur auteur. C'est grotesque si l'on veut, c'est même d'une impudeur démente, mais c'est ainsi.

Écrivant ces lignes, j'observe effectivement, et en pratique, mon nombril. J'y pense rarement, d'habitude, et c'est tant mieux. Ce repli de chair porte à l'évidence en lui le signe d'une coupure, d'un nœud hâtif ; il est le souvenir du coup de ciseaux qui m'a, sans autre forme de procès, projeté dans le monde ; et sommé de m'y débrouiller par moi-même. Pas plus que moi, vous n'échapperez à ce souvenir ; vieillard, même grand vieillard, vous conserverez intacte au milieu de votre ventre la trace de cette coupure. Par ce trou mal refermé, vos organes les plus intimes pourront à tout instant s'échapper et pourrir dans l'atmosphère. Vous pourrez à tout instant vous vider de vos tripes, sous le soleil ; et crever comme un poisson qu'on achève d'un coup de botte en pleine épine dorsale. Vous ne serez ni le premier, ni le plus illustre. Souvenez-vous des paroles du poète :

Le cadavre de Dieu
Se tortille sous nos yeux
Comme un poisson crevé
Qu'on achève à coups de pied.

Vous en serez bientôt là, enfants sans conséquence. Vous serez comme des dieux – et ce ne sera pas tout à fait suffisant. Vos clones n'auront pas de nombril, mais ils auront une littérature *nombriliste*. Vous serez, vous aussi, *nombrilistes* ; vous serez mortels. Votre nombril se couvrira de crasse, et tout sera dit. On jettera de la terre sur votre face.

Ciel,
terre, soleil

L'écrivain à succès bénéficie de certains produits de luxe, que la société réserve à ses membres éminents ou riches ; mais, pour un homme, le présent le plus délicieux de la gloire est constitué par ce qu'on appelle, reprenant le terme anglo-saxon, les *groupies*. Il s'agit de jeunes filles, sensuelles et jolies, qui souhaitent vous donner leur corps dans un esprit d'amour, uniquement parce que vous avez écrit certaines pages qui ont touché leur âme. Il paraît aujourd'hui possible que je me lasse des *groupies*, et de la gloire ; ce serait bien triste, mais c'est possible. Même dans ce cas, je crois que je continuerai à écrire.

Faut-il en conclure que l'écriture m'est devenue nécessaire ? L'expression de cette pensée m'est pénible : je trouve cela kitsch, convenu, vulgaire ; mais la réalité l'est encore bien davantage. Il doit pourtant y avoir eu des moments, me dis-je, où la vie me suffisait ; la vie, pleine et entière. La vie, normalement, devrait suffire aux vivants. Je ne sais pas ce qui s'est passé, sans doute une déception quelconque, j'ai oublié ; mais je ne trouve pas normal qu'on ait *besoin* d'écrire. Ni même qu'on ait *besoin* de lire. Et pourtant.

D'où je suis, en Irlande, j'ai vue sur la mer. C'est un monde mobile, pas tout à fait certain, matériel cependant. Je hais la campagne, sa présence écrasante ; elle me fait peur. Pour la première fois aujourd'hui je vis dans un endroit d'où je peux, par la fenêtre, contempler la mer ; et je me demande comment j'ai pu vivre jusqu'à présent.

Décrivant le monde, inscrivant des blocs de réalité, vivants et irréfutables, je les relativise. Une fois transformés en texte écrit, ils se teintent d'une certaine beauté irisée, liée à leur caractère optionnel. La campagne n'est jamais optionnelle ; la mer, parfois, si.

La brume ne suffit pas, pas de nos jours ; elle n'est pas assez matérielle – on pourrait la comparer à la poésie. Les nuages, peut-être, si l'on vivait au milieu d'eux, pourraient suffire. La brume ne suffit pas ; mais rien en ce monde n'est plus beau que la brume se levant sur la mer.

Achevé d'imprimer en Italie par Grafica Veneta
en novembre 2015
Dépôt légal février 2015
EAN 9782290108802
OTP L21ELLN000671B002

—

Ce texte est composé en Lemonde journal et en Akkurat

—

Conception des principes de mise en page :
mecano, Laurent Batard

—

Composition : PCA

—

ÉDITIONS J'AI LU
87, quai Panhard-et-Levassor, 75013 Paris
Diffusion France et étranger : Flammarion

Librio

519